M000033374

Joseph Kessel

Hong-Kong et Macao

Gallimard

Né en Argentine en 1898 de parents russes ayant fui les persécutions antisémites, Joseph Kessel passe son enfance entre l'Oural et le Lot-et-Garonne, où son père s'est installé comme médecin. Ces origines cosmopolites lui vaudront un goût immodéré pour les pérégrinations à travers le monde.

Après des études de lettres classiques, Kessel se destine à une carrière artistique lorsque éclate la Première Guerre mondiale. Engagé volontaire dans l'artillerie puis dans l'aviation, il tirera de son expérience son premier grand succès, *L'équipage* (1923), qui inaugure une certaine littérature de l'action qu'illustreront par la suite Malraux et Saint-Exupéry.

À la fin des hostilités, il entame une double carrière de grand reporter et de romancier, puisant dans ses nombreux voyages la matière de ses œuvres. C'est en témoin de son temps que Kessel parcourt l'entre-deux-guerres. Parfois l'écrivain délaisse la fiction pour l'exercice de mémoire — *Mermoz* (1938), à la fois biographie et recueil de souvenirs sur l'aviateur héroïque qui fut son ami —, mais le versant romanesque de son œuvre exprime tout autant une volonté journalistique : *La passante du Sans-Souci* (1936) témoigne en filigrane de la montée inexorable du nazisme.

Après la Seconde Guerre mondiale, durant laquelle il joue un rôle actif dans la Résistance, Joseph Kessel renoue avec ses activités de journaliste et d'écrivain, publiant entre autres *Le tour du malheur* (1950) et son grand succès *Le lion* (1958). En 1962, il entre à l'Académie française.

Joseph Kessel est mort en 1979.

HONG-KONG

I

La boue étrangère

Le *Constellation*, de la compagnie *Air India*, qui avait quitté l'aérodrome de Bangkok cinq heures plus tôt, survolait maintenant les côtes de la mer de Chine et approchait de la baie de Canton. Mais la couche de nuages qui cachait la terre et les flots était si épaisse et si dense que l'ombre de l'avion projetée en minuscule filigrane sur la surface laiteuse suivait notre vol. Et même les dômes, les spirales, les colonnes et les châteaux étranges des cumulus n'arrivaient point à intercepter cette étrange poursuite, car l'ombre ailée semblait épouser leurs linéaments.

Mais un immense trou creva soudain la base des nuages et du fond de l'espace une étendue d'eau étincelante surgit, semée d'îles sans nombre. Elles n'étaient que des morceaux de rocs ancrés dans la mer, tantôt nues et tantôt boisées ; et toutes sauvages et désertes. Toutes — sauf une. Par contre, sur celle-là, il n'y avait pas un pouce qui fût libre. Sous les feux du soleil, on apercevait un hérissement gigantesque de murs et de toits, une masse d'édifices compacte et soudée comme un bloc.

Cette île était Hong-Kong...

Pourquoi, au milieu de tant d'autres, avait-elle cet aspect, ce destin prodigieux ?

Le rideau des nuages, un instant déchiré, se reforma, se referma, déroba l'archipel.

L'avion commença de tourner en rond, comme traqué par son ombre et moi à rêver aux lointaines aventures dont l'enchaînement avait fait le miracle de Hong-Kong.

Un livre qui reposait sur mes genoux en donnait la substance.

Quand, au cours du XVIIIe siècle, la Compagnie des Indes Orientales prit possession du Bengale, de nombreux champs de pavots y poussaient, entretenus de génération en génération. Le commerce de l'opium était des plus profitables. La toute-puissante Compagnie en fit développer intensément la culture et, de plus, exigea des cultivateurs qu'ils lui vendissent leur récolte, et à elle seulement. C'était un monopole de fait pour l'achat de la drogue.

La vente fut d'abord orientée vers la population indienne. Mais, bientôt, les membres du Conseil Suprême de la Compagnie furent effrayés des effets de l'opium sur elle. Ces hommes à longue vue comprirent que l'usure prématurée de leur matériel humain leur ferait perdre davantage en fin de compte que ce que pourrait leur rapporter, sur place, le trafic de l'opium. Ils décidèrent de trouver pour la drogue un autre marché et pensèrent à l'immense clientèle de la Chine.

Qu'il y eût là-bas des amateurs, ils le savaient puisque les Portugais de Macao vendaient depuis un siècle à Canton l'opium qu'ils tiraient de leurs possessions de Malwa, situées au nord de Bombay.

Il s'agissait d'abord de s'assurer le monopole absolu de l'opium aux Indes, en prenant Malwa au Portugal. Cela fut aisé. Il fallait ensuite répandre, propager, déployer, intensifier aussi vite et largement que possible l'importation de l'opium dans les provinces côtières de la Chine. Mais là il y avait empêchement majeur, du moins pour un commerce légal. Le Fils du Ciel, maître de l'Empire, avait opposé son auguste interdiction à l'entrée d'une drogue qu'il jugeait néfaste pour ses sujets et qu'il désignait avec un mépris souverain du nom de *boue étrangère.*

C'était d'ailleurs le titre du livre qui reposait sur mes genoux.

La nécessité s'imposa à la Compagnie des Indes, si elle ne voulait pas renoncer à un revenu énorme, de recourir à la contrebande. Elle n'osa pas la pratiquer pour son propre compte. Elle représentait la Couronne d'Angleterre. En outre, si elle bafouait ouvertement et directement les décrets des Fils du Ciel, le port de Canton, le seul de toute la Chine où fussent admis les navires étrangers, pouvait être fermé à ses bateaux, qui venaient y chercher le thé, autre source de profits immenses.

Or, l'Angleterre était riche, à l'époque, de marchands entreprenants et hardis, qui disposaient de nombreux bâtiments et d'équipages prêts à tout. Ces négociants, qui avaient déjà noué un vaste commerce avec l'Extrême-Orient, étaient toujours à la recherche de pièces d'argent pour payer leurs achats, car ils exportaient de Chine beaucoup plus qu'ils n'y importaient. La monnaie d'échange que représentait l'opium leur sembla providentielle. Un contrat fut établi entre eux et la Compagnie des Indes. Ils achèteraient chaque année aux enchères la récolte de drogue dont la grande Compagnie avait le monopole. Ils s'arrangeraient ensuite, par leurs coureurs des mers, leurs capitaines d'aventures, leurs forceurs de surveillance, pour l'écouler en Chine.

En 1793, les enchères de l'opium, tenues à Calcutta, rapportaient 250 000 livres sterling à la Compagnie des Indes Orientales.

En 1809, plus de 500 000.

En 1832, 1 000 000, c'est-à-dire le sixième du revenu total des Indes.

Dans le même temps, le nombre des énormes caisses d'opium, chargées à bord des vaisseaux de contrebande, montait régulièrement de 2 000 à plus de 26 000.

Tels étaient les chiffres donnés par l'auteur de l'ouvrage qui m'inspirait ces réflexions de plein vol.

Elles furent interrompues à ce moment par l'hôtesse d'*Air India*, qui me dit en confidence :

— Il est possible, à cause de la brume, que nous allions atterrir à Manille. Deux long-courriers ont été, ce matin, déroutés de la sorte.

Notre avion continuait sa ronde et mon esprit la sienne.

Pour faire passer des quantités aussi considérables de *boue étrangère* que celles dont disposait la Compagnie des Indes Orientales, l'intrépidité la plus folle, l'adresse la plus consommée et la ruse la plus subtile ne pouvaient suffire. Il y fallait la complicité des autorités chinoises. Elle ne fut pas difficile à obtenir dans un pays où la vénalité des fonctionnaires était une institution. Depuis les commandants des jonques de douane, les chefs de postes, les gouverneurs de villes, et jusqu'aux vice-rois des provinces, la corruption fit son œuvre. Grâce à quoi, la contrebande prit un tour d'extrême simplicité.

Les voiliers chargeaient l'opium à Calcutta et le déchargeaient dans l'île inhabitée de Lintin, au milieu de la baie de Canton.

Là se trouvaient à l'ancre des bateaux qui n'étaient pas destinés à la navigation mais servaient d'entrepôts flottants. De petites embarcations chinoises venaient chercher la marchandise interdite et la distribuaient dans les criques de la côte, près de la Rivière des Perles, la rivière de Canton. L'acheminement par terre ne soulevait pas de problème. En effet, parmi les jonques et les sampans qui transportaient l'opium, beaucoup appartenaient au vice-roi de Canton lui-même.

Bientôt cependant, cette province ne suffit plus pour absorber le flot, toujours croissant, de *boue étrangère* qui arrivait de Calcutta. Il fallut étendre la zone d'opérations. Les plus audacieux et les mieux organisés des contrebandiers remontèrent le long de la côte. Certains allèrent jusqu'à Swatow, à six cents kilomètres de Canton. Et, comme ils n'avaient pas eu le temps, dans ces parages, d'établir leur système de transmission, ils ne procédaient plus par intermédiaire chinois. Ils vendaient eux-mêmes leur cargaison. Les risques s'en trouvaient accrus, mais aussi les bénéfices.

Dans ce nouveau négoce clandestin dénommé le « commerce côtier », un Écossais, qui s'appelait William Jardine, se distingua rapidement. Il avait commencé de naviguer comme médecin de la marine marchande et il était venu aux Indes en cette qualité. Mais ses dons commerciaux lui firent, au bout d'une quinzaine d'années, abandonner sa profession. Il s'établit alors marchand à Londres, puis retourna aux Indes et, enfin, se fixa dans Canton. Il y montra de telles qualités pour la contrebande de l'opium que la plus grande firme de l'époque en ce négoce tout particulier le prit comme partenaire. Et, lorsque le directeur principal, ayant commis la faute inqualifiable d'épouser sa concubine asiatique, fut mis à la retraite avec une pension de famine, William Jardine prit en charge toute l'affaire. Quelque temps après, il s'associa avec James Matheson, fils d'un baronnet écossais qui, bien que son cadet de douze ans, était déjà un vétéran de la contrebande en opium.

Cette équipe fit si bien que la firme Jardine et Matheson devint, en quelques années, la première et de loin dans le commerce clandestin. William Jardine, le plus âgé des deux partenaires et que les Chinois surnommaient le Vieux-Rat Tête-de-Fer, parce que, dans une bagarre, il avait reçu un coup terrible sur le crâne, sans que cela ait paru l'affecter, William Jardine menait le jeu.

À Canton, il représentait les marchands étrangers enfermés dans un faubourg fluvial de la ville comme dans une sorte de ghetto, parmi le luxe et le désordre, entourés de serviteurs chinois et de matelots déchaînés, soumis à l'étiquette, aux exactions et au rituel des fonctionnaires du Céleste Empire.

À Londres, où, malgré la lenteur des communications, Jardine se rendait souvent, il prenait une influence toujours croissante dans les conseils de gouvernement pour ce qui touchait aux affaires de la Chine.

Or, ce prince parmi les marchands jugeait intolérables les conditions faites au commerce par les décrets de l'Empereur de Pékin. Non seulement les négociants étaient parqués aux portes de Canton, — et encore n'avaient-ils le droit d'y résider que quelques mois par an — mais le moindre caprice des autorités chinoises les pouvait priver de serviteurs et de ravitaillement. Et, pour s'adresser à ces autorités, il leur fallait passer d'instance en instance, de mandarins en mandarins, à travers un protocole compliqué comme un ballet de cour. Et ils étaient traités en barbares, en êtres inférieurs, puisque le Fils du Ciel se considérait comme le dépositaire de la sagesse divine et comme le suzerain de l'univers.

William Jardine estimait que cette situation était encore plus absurde que révoltante. Il assurait que, sous une apparence formidable, la Chine n'avait aucun moyen de résister à l'Angleterre. Elle ne pouvait opposer à la meilleure flotte du monde, et la mieux armée, que des jonques pesantes, des canons désuets, des troupes nonchalantes, une administration corrompue jusqu'à la moelle.

Un seul coup de boutoir et tout s'écroulera,

disait en substance, à Londres, le Vieux-Rat Tête-de-Fer.

Jardine plaidait une fois de plus cette cause à Londres, en 1839, lorsque l'aide la plus puissante lui vint du côté chinois et, par une ironie du destin, dans la personne de l'un des très rares dignitaires honnêtes que comptait le pays. Cet homme singulier s'appelait Lin, et avait été chargé par son Empereur de mettre fin à la contrebande de l'opium. Il prit sa mission à cœur. Il exigea des marchands de Canton tout leur stock de drogue.

Vingt mille caisses, dont la moitié appartenaient à la firme Jardine et Matheson, furent détruites en une opération publique et spectaculaire, à laquelle travaillèrent cinq cents coolies. Puis Lin refoula les marchands anglais sur Macao. Il envoya enfin une lettre d'admonestation à la souveraine de l'Angleterre qui était la Reine Victoria, alors âgée de vingt ans.

William Jardine sentit qu'il n'aurait jamais occasion plus belle pour faire triompher son opinion, c'est-à-dire pour déclencher contre la Chine la guerre de l'opium...

J'en étais arrivé à cette étape dans mes souvenirs de lecture lorsque, par le jeu de cache-cache céleste auquel notre avion semblait jouer, la baie et ses îles reparurent de nouveau. Mais cette fois l'appareil piqua brusquement.

Quelques instants plus tard, il abordait l'un

des aérodromes les plus étroits qui se puissent concevoir pour des quadrimoteurs.

La manœuvre me fit oublier complètement et la « Boue étrangère » et le Vieux-Rat Tête-de-Fer.

Je devais toutefois penser de nouveau à lui, le jour même, en attendant de voir l'héritier du sang et de l'entreprise de William Jardine et, lui aussi, prince parmi les marchands.

*

La secrétaire qui, par de longs et sombres corridors, m'avait conduit jusqu'à la salle d'attente, portait des vêtements sobres et un sourire avare.

La pièce était vaste, fraîche, silencieuse. Son architecture, ses boiseries, son ameublement répondaient aux plus traditionnelles conventions britanniques. Rien ne rappelait, rien ne pouvait faire soupçonner que l'on se trouvait ici au cœur même de Hong-Kong et que, tout autour, des millions de Chinois peuplaient avenues, rues et ruelles de leur cohue, de leurs clameurs, que *ferries*, jonques, paquebots, sampans, vedettes et bâtiments de guerre couvraient sans répit la baie de leur sillage, que les enseignes les plus belles du monde se serraient contre les façades comme autant d'étendards mystérieux et que, à chaque détour, la ville, la côte, l'archipel et les flots déployaient des spectacles et des paysages d'une beauté sublime.

Le building où je me trouvais, lourd, solide, carré ainsi qu'une forteresse, servait de siège à la Compagnie Jardine et Matheson. Elle était la firme d'Europe la plus ancienne et la plus puissante dans l'Extrême-Orient anglais. Et si, en débarquant à Hong-Kong, j'avais, avant toute chose, demandé à être reçu par l'homme qui se trouvait aujourd'hui à sa tête, c'est que non seulement il avait — disait-on — dans les conseils de Londres, autant d'influence que le Gouverneur lui-même, mais que, par surcroît, il descendait en ligne directe de ces marchands impériaux qui, par leur audace et leur acharnement au gain, avaient nourri l'extraordinaire fortune de leur pays au XIXe siècle.

L'immeuble où je me trouvais abritait beaucoup plus qu'une simple entreprise commerciale, quelque importante qu'elle fût. Entre ses murs, une véritable dynastie du négoce continuait d'exercer son pouvoir.

La dynastie était plus que centenaire, et l'homme qui l'avait fondée avait obtenu de sa patrie, brumeuse île atlantique, qu'elle jetât les fondements d'un ensemble sans pareil — citadelle, port et comptoir prodigieux — dans les mers de Chine. Et cela par une telle suite de péripéties que la simple chronique des événements semblait tirée du roman d'aventures le plus coloré, le plus effréné.

Tandis que dans la salle aux boiseries sombres et aux profonds fauteuils de cuir, j'attendais l'héritier direct de la dynastie Jardine, mon esprit retournait à la rêverie commencée sur l'avion d'*Air India* et à l'enchaînement de circonstances qui, à travers l'opium, les voiliers de contrebande et les rites millénaires du Céleste Empire, avaient désigné pour son impérial destin, et parmi cent autres, l'un des rochers perdus dans la baie de Cuton, que visitaient seulement quelques pêcheurs, quelques pirates et les oiseaux sauvages…

Donc William Jardine, roi incontesté des contrebandiers de l'opium, dont les voiliers portaient la drogue noire des Indes vers la Chine, et voyant ce commerce aux bénéfices immenses menacé par un dignitaire honnête du Céleste Empire, usait à Londres de toute son influence, qui était grande, et de toute son information sur l'Extrême-Orient, qui était sans rivale, pour entraîner l'Angleterre dans une expédition contre la Chine.

Avec une ténacité digne du surnom, Vieux-Rat Tête-de-Fer, que lui avaient octroyé les Chinois de Canton, il chercha et obtint une entrevue avec lord Palmerston, qui dirigeait, à ce tournant de l'histoire, la politique anglaise.

Les contacts se firent plus étroits. Jardine étalait des cartes, établissait des chiffres, exposait le nombre des bateaux et des troupes nécessaires à une intervention. Enfin, il emporta l'assentiment de Lord Palmerston. Un message partit vers les Indes, ordonnant à leur Gouverneur d'envoyer seize bâtiments de guerre avec six cents canons et quatre mille hommes de troupe dans les mers de Chine.

Il restait à faire accepter par la Chambre des Communes cette guerre qui avait pour véritable raison le désir que nourrissaient quelques marchands et William Jardine, leur prince, d'intoxiquer librement tout un peuple. Une violente opposition se dressa contre ce projet et le jeune Gladstone l'exprima noblement. Il ne fut battu que par neuf voix, mais elles suffirent pour donner tout pouvoir à la flotte qui, déjà, sous le commandement de l'amiral Elliot, cinglait toutes voiles déployées vers les côtes du Céleste Empire.

Comme Jardine l'avait prévu, les opérations ne furent qu'une promenade militaire. Sans perdre un homme, les Anglais coulèrent les pesantes jonques chinoises armées d'antiques bombardes et emportèrent les défenses de Canton. Le traité de Nankin imposa au Fils du Ciel l'ouverture de cinq ports au commerce britannique (ce qui fit passer, en dix ans, l'importation de l'opium de 20 000 à 52 000 caisses) et la cession à la Couronne de l'île de Hong-Kong.

Des critiques furieuses s'élevèrent en Angleterre contre cette dernière clause du traité. « À quoi sert, criait-on à Londres, dans la presse et aux Communes, ce roc stérile ? Quelle folie de consacrer le moindre argent à fortifier et aménager cette île perdue, sans ressource, sans avenir. »

L'aveuglement de ces contemporains ne se peut — sur un autre plan — comparer qu'à celui de Mme de Sévigné quand elle écrivait à sa fille que la mode des tragédies de Racine passerait aussi vite que celle du café.

La fortune de la firme Jardine et Matheson suivit celle — éblouissante — d'Hong-Kong, dernier maillon de la chaîne de citadelles que l'Angleterre, par Gibraltar, Malte, Aden et Singapour, a su tendre de l'Atlantique aux mers de Chine.

Les deux plus grands contrebandiers d'opium du monde, ayant acquis une fortune colossale, se firent élire à la Chambre des Communes et moururent paisiblement dans des châteaux somptueux.

Matheson n'eut point de descendant qui s'occupât de l'Extrême-Orient, mais ceux de Jardine développèrent l'entreprise avec la hardiesse et la clairvoyance du fondateur.

La firme ayant installé, par la suite, son siège principal à Shanghaï, cité des concessions fabuleuses, prit un essor et un pouvoir tels qu'ils ont influé sur les destins d'une partie du monde.

La révolution chinoise l'avait obligée de se replier sur Hong-Kong. Mais de ce dernier donjon, la compagnie Jardine et Matheson étendait maintenant ses antennes sur les îles du Soleil levant, vers l'Indonésie, vers le Viet-Nam, la Malaisie, les Amériques et l'Australie.

Ce n'était pas dans les pièces du premier étage, dont l'une m'abritait en cet instant même, tranquilles, feutrées, ombreuses, où fonctionnaient en silence les rouages essentiels de l'énorme affaire, que l'on pouvait avoir le sentiment immédiat d'une activité qui s'étendait à toutes les mers et tous les continents. Mais j'avais traversé la file interminable des bureaux qui occupaient le rez-de-chaussée du building. Là, dans le tumulte ordonné des téléphones et des machines à écrire, dans l'affrontement incessant des clients et des employés, Chinois, Indiens, Malais, Européens, les services de navigation, d'aviation, d'exportation et d'importation travaillaient avec frénésie. C'était tout un monde.

Et l'on disait qu'à cet immense champ d'opérations publiques venait s'ajouter un domaine plus secret. Des gens, qui souvent ne pouvaient pas donner de preuves mais qui n'avaient pas coutume de parler légèrement, assuraient que la firme acheminait vers la Chine des marchandises que les gouvernements occidentaux s'étaient entendus pour lui refuser.

Oh ! Elle ne le faisait ni directement ni ouvertement, mais elle reprenait en toute simplicité les procédés et les moyens que ses fondateurs avaient employés plus d'un siècle auparavant. Un grand cargo jetait l'ancre devant l'une des innombrables îles qui peuplaient la baie de Canton et de préférence du côté de Macao. À la nuit, ou au lever du jour, une flottille de jonques entourait le bateau. Des caisses passaient de bord à bord, les jonques se dispersaient. Le cargo reprenait sa route.

Ainsi renaissait, disait-on, la tradition des origines. Ainsi, l'étrange boucle des événements qui avait pour nœuds le monopole de l'opium de la Compagnie des Indes, une contrebande sans égale en ampleur, une guerre menée pour la soutenir, un prodigieux développement d'affaires, et une révolution gigantesque, se refermait sur elle-même, au moment où la firme plus que centenaire se voyait placée devant une nouvelle péripétie de son aventureuse fortune.

Comme je rêvais à tout cela, l'héritier du Vieux-Rat Tête-de-Fer, le descendant de William Jardine parut sur le seuil du salon où j'attendais.

C'était un homme dans la force de l'âge, dont les cheveux d'un châtain léger commençaient à prendre des tons de cendre claire. Il avait un grand corps bien charpenté, bien nourri en chair, un visage bien dessiné, hautain, vermeil, au sourire sensuel et d'une expression pleine de finesse et de charme.

On l'imaginait aisément, costumé selon la mode du XIXe siècle, dans sa première moitié : habit de couleur vive, col haut, plastron, jabot, pantalon à sous-pieds, bref, tel que l'était son ancêtre. Pour l'instant, il était vêtu d'étoffes d'une qualité comme l'on en trouve seulement à Hong-Kong, précieuses laines, cachemires et flanelles si légères, souples et fondantes au toucher qu'elles semblaient couler entre les doigts. Il portait à la boutonnière une fleur aux pétales déployés et méritait, en vérité, par toute son apparence, par toutes ses manières, le titre même qui avait été donné cent vingt ans plus tôt à William Jardine : Prince des Marchands.

Notre entretien ne toucha qu'au passé. Le maître des lieux me montra les peintures qui subsistaient d'une collection digne d'un musée et dont les Japonais, pendant qu'ils avaient occupé Hong-Kong, avaient presque tout détruit ou emporté. Il y avait là des paysages ravissants de Macao, où négociants et capitaines de contrebande allaient se reposer pendant les mois où le séjour à Canton leur était interdit. Il y avait le grouillement des embarcations désuètes sur la Rivière des Perles. Il y avait les maisons féeriques des Chinois de haut rang. La plupart de ces tableaux étaient dus à un peintre irlandais du nom de George Chinnery, laid et malicieux comme un gnome, fixé au début du XIXe siècle à Macao. De lui était également un visage étonnant par le relief, la profondeur et l'astuce : il appartenait à un Indien parsi, qui avait été l'homme de confiance de William Jardine, le Vieux-Rat Tête-de-Fer.

Dans une salle voisine se trouvait un autre portrait, d'autant plus extraordinaire, celui-là, qu'il représentait un homme encore en vie.

Et pourtant, rien n'était plus éloigné des jours présents, rien ne semblait appartenir davantage à une époque depuis longtemps, longtemps révolue, que le vieillard à barbe blanche, effilée en pinceau, sur sa poitrine, tandis que les lèvres restaient glabres, vêtu de la robe de soie noire et coiffé de la calotte de mandarin.

Ce Chinois d'un autre univers, qui travaillait encore avec la Compagnie Jardine, était âgé de quatre-vingt-quatorze ans. Il possédait une immense fortune et depuis qu'il avait été anobli par le roi Édouard VII d'Angleterre, s'appelait Sir Robert Ho Tunc.

Comme notre conversation touchait à sa fin, mon hôte parut étonné de me voir assez bien connaître la chronique de sa maison. Je lui avouai que mes connaissances venaient surtout d'un livre intitulé *Foreign Mud* — la Boue Étrangère — dont je trouvai le texte excellent.

— Oui, il est fort bon, dit l'héritier de William Jardine, fort bon, en vérité.

Il eut un sourire bref et assez singulier. Je l'interrogeai du regard. Il poursuivit alors :

— C'est notre maison qui est à la source de cet ouvrage. Nous avions, en effet, demandé à l'auteur d'écrire l'histoire de la firme. Nous lui avons ouvert, pour cela, toutes nos archives — un trésor sans pareil. Mais, les ayant lues, il a préféré travailler à son propre compte. Et le moins que l'on puisse dire de son livre, c'est qu'il ne nous traite pas en nation privilégiée.

Me souvenant de certains chapitres sur la primauté que Jardine avait tenue dans la contrebande massive de l'opium et sur la part qu'il avait prise pour faire déclarer une guerre en faveur de la drogue, je compris le sourire un peu tendu de son héritier.

Mais très vite, ce sourire prit une expression d'humour impossible à décrire et le Prince Marchand de Hong-Kong, le descendant du Vieux-Rat Tête-de-Fer me dit :

— Et voilà qu'aujourd'hui, ce sont les Chinois, ou plutôt leur gouvernement, qui proposent des tonnes et des tonnes d'opium à la Compagnie Jardine et Matheson. Et voilà que la Compagnie Jardine et Matheson refuse…

Quand je quittai le building de la firme, les clameurs et le fourmillement de Hong-Kong m'assaillirent comme une bourrasque.

Hong-Kong, l'ancien rocher désert sur lequel, par la volonté de William Jardine, avait poussé une cité fantastique.

Hong-Kong, aujourd'hui, seul asile de l'homme blanc, au seuil de la Chine, comme l'était le ghetto de Canton au temps du Vieux-Rat Tête-de-Fer.

II

Le monstre sacré

Hong-Kong veut dire, en chinois, Havre embaumé.

Le nom vient des temps où, vierge et quasi déserte, cette île de la baie de Canton servait seulement d'abri à quelques huttes de pêcheurs, quelques jonques de pirates et aux nids des oiseaux sauvages. Les brises des mers, alors, dispersaient au loin sur les flots de l'archipel innombrable les aromes de la jungle fleurie qui poussait le long de ses flancs abrupts.

Aujourd'hui le « Havre embaumé », comme tous les grands ports du monde, sent le mazout, le charbon, la fumée et l'effort humain. Je doute pourtant que, de ce fait, Hong-Kong ait perdu en splendeur. Je crois même le contraire. Il existe encore beaucoup de rochers coiffés d'une végétation effrénée, battus par les mers chaudes et dressés vers le ciel des tropiques. Mais, à Hong-Kong, pour une fois, l'homme n'a pas gâché, amoindri, ou souillé les traits de la nature. Il en a dépouillé sans doute l'innocence, mais il a su leur donner, en revanche, un relief extraordinaire et une nouvelle majesté, tandis que les fruits de son propre labeur, marqués au sceau des éléments, se trouvent trempés dans la magnificence de la terre et des ondes.

Le mélange d'ouvrages périssables et du roc éternel, du mouvement des vagues et des flots de la foule, de la mer immortelle et des embarcations fugitives, a fait de Hong-Kong un lieu singulier et sublime, un des monstres sacrés de l'univers.

Et d'abord, par son incroyable beauté.

Lorsque, de la cime aiguë de l'île, on saisit en un seul regard ses baies et ses criques, ses toits et ses fleurs, et le lavis des routes rouges, et la courbe des pentes vertes et les villages de boue ocre perchés sur les collines, et, en bas, le dessin de l'immense ville étagée de rue en rue jusqu'à la surface des flots et que, de l'autre côté du bras de mer s'étale et poudroie une cité plus énorme encore — celle de la terre ferme qui s'appelle Kowloon, cependant que sur l'étendue liquide et bleue qui les sépare, transbordeurs, canots et vedettes tissent sans arrêt une trame de sillage écumeux, et que les paquebots, les cargos, les bâtiments de guerre se balancent comme des jouets féeriques sur les vagues ensoleillées, et que les jonques à haute poupe dont les voiles miraculeuses prennent la forme de feuilles couleur d'automne, d'ailes de papillon géant ou de nageoires de poissons fabuleux, naviguent nonchalamment entre les rives ou cinglent vers le large, que les sampans se glissent partout comme des fourmis nautiques et que plus loin, toujours plus loin, îles et détroits, promontoires et golfes, prolongent sans mesure ni fin le paysage dans l'espace des hommes et la durée des Océans — alors, celui qui le contemple, ébloui, enivré, éprouve, au fond de son ravissement, une crainte étrange et merveilleuse.

Il semble, tellement l'immensité déployée sous ses yeux frémit, ondoie, bouge et palpite, que rien n'y est fixe, stable ou permanent et que, prodigieux instrument d'une navigation sans but ni terme, les côtes, les cités, les bras de mer, les îlots et la grande île elle-même avec ses monuments, ses villages et ses arbres, vont lever l'ancre et glisser tous ensemble, remorqués par les navires et les jonques vers un horizon toujours radieux et toujours reculé.

Et ce n'est pas le choc, l'étourdissement, l'enchantement du premier contact qui inspirent envers ce morceau du monde un sentiment si étrange de légèreté, de disponibilité flottantes comme pour un fantastique radeau prêt à la dérive. Car, jour après jour, j'ai nourri mon regard du magique spectacle, et il exerçait, chaque fois, le même pouvoir.

Et ce n'est pas seulement vus du sommet de

l'île que ce roc et ces flots donnaient le sentiment d'une perpétuelle instance de départ. L'illusion était aussi vive, parfaite et envoûtante à bord des ferries qui allaient et venaient sans un instant de répit entre l'île de Hong-Kong et la côte de Kowloon, ces ferries dont la navette avait une telle fréquence, un tel débit qu'ils transportaient plus de *cent millions* de passagers par an.

La foule des voyageurs ruisselait des pontons d'embarquement vers les larges bâtiments à fond plat, prenait les places sans bousculade ou désordre et tandis que le ferry déhalait, un autre accostait déjà et une autre foule coulait de ses flancs vers la terre ferme. Ces gens — qu'ils fussent Chinois de Canton, de Pékin ou de Shanghaï, Malais, Indiens, Anglais — civils ou militaires — n'avaient point les faces pressées, tordues, crispées ou hagardes que l'on voit aux heures d'affluence dans les transports en commun à Paris, Londres ou New York.

Un sourire aimable, une expression de détente adoucissait leurs traits. C'est que durant le trajet de Kowloon à Hong-Kong le vent frais ne cessait pas de caresser les visages. C'est que le passage d'une rive à l'autre, s'il prenait seulement quelques minutes, était fait de grâce, de charme et de poésie.

On croisait sans cesse les transbordeurs peints en vert, leurs ponts à claire-voie chargés de grappes humaines aux nuances les plus vives. Sur les grands paquebots britanniques, hollandais, américains, français, scandinaves ou japonais, le soleil éclatant faisait briller les flancs hauts comme de blanches murailles, l'or des lettres, les couleurs des pavillons. Contre ces grands coureurs des mers se pressaient, ainsi qu'un essaim exotique, les embarcations chinoises avec leurs rameurs, débardeurs, vendeurs de pacotilles et changeurs d'argent.

Et il y avait aussi les cargos enfumés, lourds, lents et patients, éternels bourlingueurs. Autour d'eux les insectes humains de la mer de Chine s'agglutinaient davantage encore. Pour les vivres, pour l'eau, le charbon, le chargement, le déchargement. Et le ferry continuait sa course, rafraîchi par toutes les brises de la baie. Sur son chemin liquide, à droite, à gauche, à l'avant, à l'arrière, filaient les canots à moteur, les yachts, les transbordeurs d'automobiles ou encore, manœuvrés soit à l'aviron soit à la pagaye, glissaient les sampans.

Et surtout, surtout, à chaque instant, sous toutes les perspectives, les jonques fleurissaient les bras de mer.

Tous les voiliers sont beaux et tous ils portent l'une des plus vieilles chimères de l'homme dans leur gréement ailé. Mais les barques des mers de Chine, parce qu'elles n'ont pas changé de dessin depuis des siècles, que leur château arrière s'élève sur l'eau comme une gueule de dragon, que leur armature est faite de bambous, que leurs voiles ont la forme et la couleur d'énormes feuilles rousses, aux nervures délicates, que dressées, inclinées ou couchées elles décorent leurs mâts de frondaisons miraculeuses, et que souvent, rapiécées, déchirées, elles laissent passer à travers leur flottante tenture le feu du soleil et l'azur du ciel, que leur équipage est fait d'hommes ou de femmes aux yeux bridés et secrets — ces barques des mers de Chine dépassent toutes les autres en pouvoir de mythe et d'évasion.

Ainsi, à travers les paquebots, les canots, les cargos, les vedettes, les transbordeurs massifs, les vagues, les brises et les jonques, le ferry approche de Hong-Kong.

La foule qu'il porte se met en mouvement. Sur le quai bougent et crient d'autres foules. Les rues qui gravissent le roc abrupt sur lequel est bâtie la ville ne sont qu'un fourmillement humain. Des files de voitures passent sur les quais. Les grues élèvent et baissent leurs énormes bras de fer. Les *rickshaws* galopent. Les chenilles des funiculaires grimpent vers les cimes. Les édifices eux-mêmes semblent remuer. Au-dessus de la cité frémissent jusqu'aux faîtes les fleurs et les arbres. Et les nuages légers comme des pétales ou des flocons, les brumes de mer transparentes comme une buée, s'arrêtent un instant contre les flancs de l'île et glissent nonchalamment à leur surface.

Alors, bien que l'on se trouve au pied de Hong-Kong et non plus sur son pic dominant, il semble de nouveau que la ville et l'île soient sur le point de larguer leurs millénaires assises de granit comme de simples amarres pour suivre dans leur périple sans fin les paquebots somptueux, les cargos massifs et les jonques fabuleuses.

Mais, pour que l'illusion devienne vraiment hallucinante, il faut attendre la nuit. Alors, Hong-Kong, avec tous ses feux multicolores, l'un contre l'autre serrés, et chacun plus éblouissant que le voisin, à forme d'étendards, de fleurs, d'étoiles, de comètes, brûle, comme un brasier aux larges degrés flamboyants, étincelle comme un verger aux fruits de lumière, comme un feu d'artifice inexplicablement cloué au ciel obscur. Et parce que l'illumination la plus vive court sur le front de mer et se répercute dans le flot qui bat les jetées invisibles et que les feux s'étagent le long des pentes de la ville comme ils feraient pour les flancs et les ponts d'un bateau et qu'ils s'espacent avec l'altitude pour ne plus être au sommet que de rares et clignotantes veilleuses exactement pareilles à celles qui luisent à la cime des mâts, Hong-Kong devient, parmi toutes les embarcations lumineuses répandues à l'infini sur la baie, un immense navire nocturne et dont on ne sait plus si on le retrouvera, quand se lèvera le jour, à sa place, pourtant éternelle.

Oui, par la qualité fantastique de sa splendeur, Hong-Kong est un des monstres sacrés de l'univers.

Mais d'autres traits accentuent ce caractère, qui touchent à l'homme et aux temps d'aujourd'hui.

On peut dire que Hong-Kong est la seule, la dernière ville chinoise qui, par son aspect et ses mœurs, demeure une image du passé ; la seule, la dernière qui ait été comme arrachée aux cendres et aux laves de la révolution.

Hong-Kong, au point de vue chinois, c'est Pompéi, mais en pleine existence, mais en mouvement forcené.

Car, tandis que sur l'immense territoire de la Chine les six cents millions d'habitants qui le peuplent sont soumis au nivellement, à l'uniformité, à l'austérité, au gigantesque labeur et à la dure foi communistes, Hong-Kong sert de refuge au vieux monde chinois et tout s'y trouve porté à un point d'intensité extrême : les qualités et les défauts, les enchantements et les hideurs.

Les fortunes colossales et les milliers d'enfants affamés.

Les industries à rapports énormes et les ouvriers haillonneux, squelettiques.

Les restaurants admirables, les merveilleux marchés en plein vent, regorgeant de canards laqués, de pousses de bambou, de nids d'hirondelle et les gens qui, pour se nourrir tout un jour n'ont qu'un bol de riz clair — quand ils peuvent l'avoir.

Les femmes les plus jolies que l'on puisse rêver, et en nombre extravagant, avec leur teint d'ambre, leurs visages ciselés, leurs corps précis, déliés, d'une finesse et d'une grâce sans pareille, leurs jupes fendues jusqu'à mi-cuisse. Mais, dans leur foule, combien de prostituées !

Et sous les enseignes belles et mystérieuses comme des oriflammes sacrées, les boutiques où l'on vend les plus magnifiques étoffes de la terre, soies crues ou grèges, soies brochées et lamés, chantoung et brocart, cependant que dans leurs haillons, leur vermine et leur crasse, les coolies trébuchent sous le balancier ou ahanent sous les fardeaux pesants, que les *rikshaws* à poitrine creuse s'essoufflent entre les brancards de leur voiture où repose, entre les coussins, un gros marchand…

Oui, Hong-Kong est un monstre sacré.

Rien ne semble y avoir changé depuis les temps du Céleste Empire, ni depuis les temps des premières concessions européennes. Car le trait le plus extraordinaire de la Colonie est le régime sous lequel les autorités britanniques réussissent à tenir, de nos jours, Hong-Kong et ses millions d'habitants.

Alors que, en trente années, l'Angleterre a perdu l'Irlande, les Indes et la Birmanie, la Palestine et l'Égypte, qu'elle est menacée en

Malaisie, que même dans la noire Afrique elle a dû accorder l'autonomie à la Côte d'Or, et faire face, péniblement, aux coupe-coupe des Mau-Mau, à Hong-Kong, après l'occupation japonaise, et malgré la révolution chinoise, règne l'ordre impérial d'il y a un siècle et le juge à perruque ne se contente pas de condamner les voleurs à l'emprisonnement. Il y ajoute les coups de bâtons prescrits par un code toujours en vigueur sur l'île féerique.

Et quand on se promène, près du front de mer, le long des avenues où les banques se dressent comme des temples, où les bâtiments à colonnades et frontons surannés abritent les grands rouages de l'administration, où s'étirent les arcades des galeries marchandes, on a le sentiment de se trouver au cœur d'un Londres qui a non point Élisabeth II pour souveraine, mais la reine Victoria.

Et pourtant, malgré une forme d'existence qui semble si bien dépassée, cette colonie de la Couronne, fidèle à son image centenaire, qui continue son rôle de bastion à l'autre bout du monde, et de comptoir gigantesque, a su absorber sans désordre ni famine deux millions de réfugiés et les soumettre à sa loi, à son ordre…

Hong-Kong, monstre sacré de l'univers.

III

La vendeuse d'enfants

Deux cités composent la Colonie de la Couronne, que les Anglais ont conquise, établie et conservée dans la baie de Canton.

La plus ancienne se dresse sur l'île de Hong-Kong, qui a donné son nom à l'ensemble des territoires occupés par la Grande-Bretagne.

Face à elle, de l'autre côté du bras de mer, Kowloon se développe le long de la bande côtière par où commence le plus vaste des continents. Mais l'ampleur du détroit ne dépasse guère celle d'un grand fleuve à son embouchure, et la navette des ferry-boats qui relient Hong-Kong et Kowloon les unit aussi étroitement que le ferait un réseau de ponts.

Des deux villes, Kowloon l'emporte de loin par l'étendue et la population. Mais c'est à Hong-Kong — l'île même, la roche originelle — que se trouvent les banques vénérables et tentaculaires, les sociétés d'importance mondiale, les compagnies de navigation maritime et aérienne, les magasins prestigieux. C'est là qu'opèrent tous les rouages du gouvernement.

C'est aussi à Hong-Kong, mais loin du centre des affaires et des faubourgs grouillants, que résident, sur les hauteurs superbes ou au bord de golfes enchantés, les hauts fonctionnaires, les officiers et les marins de grade élevé, les diplomates, les directeurs d'entreprises, les correspondants des grands journaux, les intermédiaires influents, les commerçants de qualité. Bref, tous les hommes blancs de quelque valeur sociale, financière et professionnelle, ou qui veulent s'en donner l'apparence.

Et sans doute, dans un lieu comme Hong-Kong, placé au seuil de la Chine communiste, carrefour de tous les océans et de tous les trafics, beaucoup parmi les hommes blancs ont un passé, un relief, un pittoresque singuliers. Il suffirait de quelques-uns que j'ai approchés pour peupler un livre.

Je pourrais parler alors du magnifique reporter anglais qui courait sans cesse l'Extrême-Orient, mêlé à ses convulsions et à ses bagarres, dont le père avait été acrobate de cirque et dont la mère, qui mesurait un mètre quatre-vingt-cinq, était encore capable, quand il avait trop bu et qu'elle-même en était seulement, pour le gin, à sa deuxième bouteille, de le porter au lit d'une seule main, lui et les cent kilos de chair solide qu'il représentait.

Ou de cet Américain qui — dans l'extraordinaire guerre froide que son pays livrait à toutes les autres nations pour contrôler leur commerce avec la Chine — avait pour métier d'apprendre des coolies dockers, à coups de dollars, la nature des chargements qu'importaient les bateaux.

Ou de cet Australien, ancien pilote de Tchang Kaï-Chek, qui maintenant organisait des spectacles de radio. Ou de ce *squadron leader*, au visage d'étudiant, qui était si fier d'avoir fait équipage avec Livry Level, Français resté légendaire dans la R.A.F. pour ses missions de jour et de nuit, publiques ou secrètes.

Ou encore de ce gérant de buildings, qui, lorsqu'il était colonel dans l'armée des Indes, avait libéré des Japonais Mogok, la haute vallée birmane, la vallée des rubis, où j'avais fait un séjour inoubliable.

Ou enfin de ce Russe blanc énigmatique…

Mais, dans Hong-Kong, c'est l'immense ville jaune, suprême vestige et reflet d'un passé aboli, avec ses habitants venus de toutes les provinces de la Chine, avec ses quartiers éclatants et mystérieux, ses milliardaires et ses faméliques, ses rumeurs et ses commerces étranges, qui retient et fascine l'attention du voyageur.

*

Harry Ling était né à Singapour, qui compte plus de Chinois que de Malais. Son père, marchand opulent, l'avait fait élever dans un collège britannique et il alla terminer son éducation dans une université des États-Unis. Ses titres lui valurent des fonctions importantes dans la propagande, par la presse et la radio, auprès de Tchang Kaï-Chek. Le triomphe de Mao Tsé-Toung mena Harry Ling jusqu'à Hong-Kong. Il y fut quelque temps rédacteur en chef d'un journal chinois publié en anglais.

Il parlait et écrivait cette langue à la perfection, avec, toutefois, une éloquence et une politesse fleuries qui relevaient de l'Orient. Il portait des vêtements et des cravates qui venaient des faiseurs les plus réputés. Il pilotait une voiture découverte américaine, achetée d'occasion sans doute, mais étincelante comme un miroir. Beau, aimable, serviable, fin, cultivé, plein de talent, Harry Ling, pourtant, lorsque je le rencontrai, n'occupait plus dans la presse qu'un emploi secondaire et son existence commençait de flotter à la dérive.

La raison de ce déclin était simple : sa profession, sa famille, sa passion politique même — il était anticommuniste forcené — comptaient moins pour Harry que le goût qu'il avait des femmes. Son temps, ses dons, tout l'argent qu'il pouvait gagner — et davantage — il les consacrait à séduire. N'y réussissant que trop, il était devenu la victime des ravages qu'il exerçait.

Et ce fut chez des femmes que Harry m'emmena, le premier jour que nous sortîmes ensemble, par un après-midi éblouissant où le soleil jouait sur les enseignes de laque et les fruits des marchés en plein vent.

*

Nous venions de déjeuner au Club des Chinois de Malaisie, célèbre par des brochettes merveilleusement épicées.

— Allons dans une maison de danse, me dit Harry.

Son offre ne me fit aucun plaisir. J'avais déjà visité des halls pleins de filles à l'éclat figé, que l'on pouvait louer comme des poupées mécaniques, pour une samba ou un tango, et des petites salles obscures, poussiéreuses et sordides, où d'humbles créatures essayaient de sourire gaiement. La nuit, c'était déjà suffisamment sinistre, mais de jour…

Je fis part de ma répugnance à Harry Ling.

— Allons-y tout de même, dit-il, avec une douce assurance. Je ne pense pas que vous aurez à le regretter.

Harry avait raison. L'établissement ne ressemblait en rien à ceux dont je gardais un souvenir si pénible. Sur les confins de la ville et de la campagne, c'était une maison basse, isolée, entourée de fleurs. On gravissait quelques marches, une porte se dérobait puis se refermait doucement et, d'un seul coup, on se trouvait comme immergé dans une atmosphère fluide, irréelle, sous-marine.

La vaste pièce n'avait aucune ouverture sur l'extérieur. La lumière diffuse, tamisée, et les murs fluorescents étaient de la même couleur d'eau et d'algue. Des bassins étaient creusés dans les mosaïques délicates qui couvraient le plancher, et les poissons aux formes torturées des mers chaudes y naviguaient, en faisant briller obscurément leurs écailles.

Dans cette salle étrange, où tout rappelait quelque géant aquarium, de légers écrans de verre tombaient du plafond, suspendus par des crochets invisibles. Au premier abord, ils semblaient transparents, mais on découvrait bientôt qu'ils reflétaient simplement la singulière luminosité de la pièce et ne laissaient rien voir de ce qui se trouvait derrière eux.

Une musique assourdie, juste assez distincte pour animer les danses, venait d'une source dissimulée. On eût dit qu'elle était un élément organique de l'air embaumé, qui effleurait le visage comme un souffle.

Cependant, lorsque nous entrâmes — et j'attribuai cela au fait que l'après-midi n'était pas assez avancée — il n'y avait personne dans la salle. Mais il nous suffit de quelques pas…

Deux ou trois écrans suspendus remuèrent mollement et laissèrent apparaître quelques admirables jeunes femmes. J'ai déjà parlé de l'étonnante beauté des Chinoises de Hong-Kong. Il n'y a pas de ville, à ma connaissance, où l'on peut trouver une telle quantité, une telle densité de visages et corps ravissants.

C'était par centaines, par milliers, que l'on rencontrait, dans les rues, sous les arcades des magasins, sur les ferries, ces jeunes femmes, ces jeunes filles, avec leurs cheveux noirs et brillants, leur teint de rose thé, leurs yeux doux et tirés vers les tempes, leurs traits tendres et fins. Elles portaient presque toutes des jupes fendues jusqu'à mi-cuisse. Mais telles étaient la grâce de leurs jambes et la décence de leur port, que cette mode n'avait rien d'immodeste et donnait simplement à leur démarche une aisance et une vivacité délicieuses.

Avaient-elles vu le jour à Hong-Kong ? Venaient-elles du sud ou du nord de la Chine ? Des provinces du Centre, ou des marches de l'Ouest ? Personne n'avait pu m'expliquer cette extraordinaire sélection.

Les rares voyageurs, les rares journalistes qui arrivaient de ces territoires immenses et en pleine transformation sociale, assuraient que, à Shanghaï, à Pékin, à Canton même, si proche de

Hong-Kong, toutes les femmes habillées du même uniforme — pantalon et blouse bleu foncé — coiffées de la même façon — cheveux coupés très court — avaient perdu tout pouvoir et, semblait-il, tout désir de plaire, acharnées uniquement à leur mission et à leur foi nouvelles.

Était-ce le croisement des peuples de toute la Chine, l'afflux des réfugiés appartenant aux classes les plus riches, la facilité des mœurs de Hong-Kong, l'abondance des étoffes magnifiques et des meilleurs produits de beauté — et leur prix très bas — que la ville devait à son statut de port libre ? Ou bien était-ce un obscur refus de ne pas ressembler à leurs sœurs, qui, de l'autre côté du Lowu, rivière qui séparait la colonie de Hong-Kong et la Chine, étaient vouées à d'autres labeurs ou à un autre idéal ? Comment le savoir ? Mais on eût dit qu'une race féminine toute particulière, tout imprégnée de charme, d'éclat et de gentillesse, avait pris Hong-Kong pour patrie d'élection.

De cette race, les filles les plus belles se trouvaient dans la maison de danse où Harry m'avait amené. Grandes pour la plupart et toutes admirablement faites, harmonieuses dans chaque attitude et de mouvements si souples et déliés, que les os mêmes semblaient participer à la suave mollesse de leur chair, elles avaient des visages d'un modelé à la fois ferme et comme fondant, la fraîcheur lisse de pétales — couleur d'ambre clair — et une chevelure de nuit étincelante. Elles ne portaient pas les jupes ouvertes à mi-cuisse et les vestes muticolores que l'on voyait ailleurs, mais leurs robes étaient si ajustées, et d'étoffes si délicates, qu'elles donnaient, à cause de la lumière sous-marine, l'impression de ruisseler sur ces corps ciselés de sirènes.

Harry Ling était visiblement un familier de la maison et que l'on accueillait avec un plaisir franc et désintéressé. Il avait cessé d'être un client pour devenir un camarade, un ami.

En vérité, nos hôtesses appelaient des sentiments de cette nature. Leur grâce innée, leur simplicité de bon aloi, la facilité et l'ingénuité de leurs rires, leurs regards attentifs et calmes, tout en elles inspirait une sorte de subtile affection voluptueuse.

Ayant invité trois de ses amies à nous suivre, Harry passa derrière l'un des écrans de verre dépoli, qui pendaient du plafond. Je vis alors qu'ils servaient à protéger, comme l'auraient fait des paravents, l'intimité des visiteurs et de leurs hôtesses. Chaque écran, en effet, dissimulait un singulier et charmant refuge. De chaque côté d'une table longue et basse, se trouvait un de ces moelleux canapés mobiles, que l'on voit à l'ordinaire sur les pelouses des jardins et où l'on peut se balancer au gré d'une cadence que l'on donne soi-même.

Nous y prîmes tous place. On nous servit du thé (les boissons à quelque teneur d'alcool n'étaient pas admises dans la maison), et la conversation s'engagea…

*

Tout en faisant à peine remuer le siège mobile, Harry Ling me dit :

— Vous voyez combien ces abris sont ingénieux. On peut s'y tenir, confortable et paisible… Ou bien…

Il eut un sourire bref et ajouta :

— Écoutez, d'ailleurs…

Derrière l'écran voisin du nôtre, s'élevait un bruit confus de mots entrecoupés et de lutte amoureuse.

Nos compagnes ne semblaient rien remarquer.

Harry Ling leur parla. Et je compris l'amitié qu'elles lui portaient. Léger, insouciant, cynique, informé de tout, il les tenait au courant des rumeurs et des ragots de la grande cité. Il leur faisait partager une vie dont elles étaient retranchées. Elles suivaient ses récits avec une avidité et une gaieté de pensionnaire qui rendaient à l'adolescence leurs très beaux et très jeunes visages.

L'entretien se tenait entièrement en anglais.

Pensant que c'était pour me le rendre accessible, je remerciai mon entourage. Harry Ling et les hôtesses rirent en même temps.

L'une d'elles s'écria :

— Mais nous ne pouvons pas nous comprendre entre nous si nous parlons chinois. La langue change avec chaque province. Or, moi, je suis de la province de Canton et la famille de Harry venait du Yunan, et mes amies sont arrivées de Shanghaï. Heureusement, il y a l'anglais, que nous apprenons tous à l'école.

C'était comme aux Indes. L'immensité du territoire, le nombre et la variété des peuples exigeaient une langue véhiculaire commune ; l'étranger détesté l'avait fournie.

Harry Ling emmena danser l'une des réfugiées de Shanghaï.

Après son départ, il y eut un instant de gêne. Les deux jeunes femmes restées avec moi devinrent d'un seul coup réservées, timides. Instinctivement, elles arrêtèrent le mouvement de lent balancier qu'elles imprimaient au canapé mobile. Nous n'avions, en effet, aucun intérêt commun et elles sentaient chez moi une curiosité qui les embarrassait.

Je leur demandai néanmoins de me raconter les règles de la maison.

Elles dirent qu'elles étaient tenues à une présence continuelle, de midi jusqu'au petit matin, qu'il leur fallait être vêtues et coiffées d'une manière parfaite et qu'elles ne devaient jamais consacrer plus d'une heure au même visiteur, soit pour la danse, soit pour les entretiens derrière les écrans... Non, il n'y avait pas de chambres dans la maison... Oui... Elles étaient bien payées. Dehors, elles avaient liberté de faire ce qui leur plaisait.

M'ayant donné ces explications d'un ton neutre, mécanique, les deux jeunes femmes se turent.

Nous entendîmes de nouveau des murmures et des rires lascifs venir du paravent voisin.

La réfugiée de Canton dit soudain :

— Ce n'est pas un métier pour des jeunes filles bien élevées, je le sais. Mon père était magistrat. Quand je suis venue ici, j'ai appris la sténographie et la comptabilité. Mais il y a dix demandes pour une place et les salaires sont lamentables.

— Moi, dit la jeune réfugiée de Shanghaï, mon mari était officier dans l'armée nationaliste. Je ne sais pas ce qu'il est devenu, j'ai essayé d'être institutrice d'anglais ; j'ai obtenu trois leçons à un prix de famine.

Trente années plus tôt, des émigrées russes, balayées elles aussi par la Révolution, servaient d'instruments de plaisir dans les boîtes nocturnes de Paris, de Berlin, de Constantinople, de Shanghaï et dans ce même Hong-Kong.

Je me levai pour écarter l'écran et regarder la salle.

Quelques couples, dans la lumière sous-marine,

dansaient autour de bassins où nageaient de monstrueux poissons émeraude, indigo, écarlate…

M'apercevant, Harry Ling ramena vers notre abri sa partenaire.

— Ce sont des Chinois qui fréquentent surtout l'établissement ? lui demandai-je.

— Les riches, dit Harry Ling. L'heure coûte très cher, comme vous allez vous en apercevoir.

Il sourit cyniquement et continua :

— Parmi les étrangers, viennent surtout les officiers de marine américains. Pour l'instant, il n'y a aucun de leurs bateaux dans le port, mais on attend le *Midway*.

— Le *Midway* ! répéta l'une de nos compagnes avec ferveur.

— Le plus grand porte-avions du monde ! s'écria une autre.

— Des pilotes à haute solde, dit la troisième.

Devant cette joie, un petit pli amer s'était creusé autour de la bouche insouciante de Harry Ling. Il me regarda fixement, comme pour bien défier l'étranger, l'homme blanc, qui assistait à la déchéance des femmes de son peuple.

— Connaissez-vous, me demanda-t-il brusquement, le scandale qui s'est produit ici, voilà quelques semaines ? Non ? C'était, pourtant, assez édifiant.

L'amertume sur ses traits fit place à une expression contenue de revanche.

— On a découvert, poursuivit-il, que les épouses de plusieurs sous-officiers anglais de la garnison se rendaient chaque après-midi dans l'appartement d'une vieille Russe blanche et s'y vendaient à des Européens, des Américains — et, mon Dieu, à des Chinois aussi — et pas cher... Dix dollars Hong-Kong — environ six cents francs. Elles ont été renvoyées en Angleterre.

Harry Ling haussa les épaules et reprit :

— Il y en aura toujours d'autres. Leurs maris sont si mal payés et les magasins ici sont pleins de choses magnifiques...

Il alluma une cigarette ; un sourire blasé de beau garçon habitué aux succès flotta sur sa bouche...

— Quant aux femmes d'officiers, on n'a même pas besoin d'argent, dit-il à mi-voix et comme pour lui seul.

Nous gardâmes un instant de silence. Une sorte de charme semblait s'être rompu. Et aussi une sorte de trêve.

Harry Ling le devina sans doute, car il me proposa de quitter l'établissement. J'y consentis aisément. Ne m'avait-il pas montré tout ce que l'on pouvait y voir ?

Or, comme nous écartions le paravent mobile pour traverser la salle, la porte d'accès glissa doucement sur ses charnières et une jeune femme chinoise parut sur le seuil...

Pourquoi, à son aspect, éprouvai-je le désir de rester encore quelques instants dans la maison de danse ? Certes, elle était belle, mais pas davantage que les splendides créatures dont je me trouvais entouré... Commandait-elle l'attention par la façon presque majestueuse dont elle pénétrait dans la salle ? Au fait que, visiblement, elle ne venait pas dans ce lieu, comme les autres jeunes femmes, pour y faire travailler ses charmes à un tarif horaire, mais pour son propre plaisir, et en cliente assurée du respect, de l'empressement de tous ? Était-ce le luxe particulier de ses vêtements, de ses parures ? Je n'aurais su le dire, et, en vérité, je n'eus point le temps d'y penser.

En effet, comme pour porter ma surprise et ma curiosité à leur comble, un officier britannique s'avança derrière la jeune femme, un officier de marine, jeune, grand et beau, qui la conduisit avec une déférence extrême jusqu'à une table découverte.

Après quoi, ils se mirent à danser.

Une voix murmura contre mon oreille :

— Plus étrange encore que vous ne pouvez le croire, disait Harry... Écoutez cette histoire...

Il laissa retomber le paravent et nous prîmes place de nouveau sur le canapé au doux balancement.

— La jeune femme qui danse en ce moment, dit Harry, est arrivée à Hong-Kong avec la première vague des gens qui fuyaient la révolution communiste. C'est-à-dire voilà environ sept ans... Elle était alors une toute jeune fille, de famille excellente, de l'éducation la meilleure et... sans argent, ni métier.

« Un seul s'offrait à elle... que vous devinez... »

J'inclinai la tête et Harry continua :

— Elle fut donc entraîneuse... Et dans un endroit qui n'avait rien de commun avec celui où nous sommes. Ici — voyez-vous — c'est le sommet, le paradis de la profession. Il faut être connue, classée, pour s'y voir accueillie. Notre jeune fille, elle, perdue dans Hong-Kong, ne connaissait rien, ni personne. Ce fut dans une maison de danse du rang le plus médiocre qu'elle dut travailler... Une de ces maisons où il ne suffit pas de danser pour vivre. Bref, un beau jour, elle se trouva enceinte d'un matelot américain qui, depuis longtemps, était reparti avec son bateau.

« Le désespoir de la jeune fille fut terrible. Outre les préjugés que son ancienne éducation lui avait laissés, outre la honte la plus brûlante, elle se voyait menacée dans son misérable gagne-pain... Je vous laisse le soin d'imaginer dans quelle détresse elle passa les mois qui suivirent. Tout ce qu'elle savait, c'était qu'elle abandonnerait son enfant...

Harry Ling s'arrêta pour rire en silence...

— Et elle ne l'a pas fait ? demandai-je.

— Oh que oui ! dit Harry Ling... Mais pas tout à fait comme elle le prévoyait... En effet, lorsqu'elle eut mis au monde un petit garçon, l'une des infirmières de l'hôpital où elle était venue accoucher s'approcha d'elle, une nuit, pour lui faire, à voix très basse, une proposition : il y avait, disait l'infirmière, un couple européen — des Belges — assez âgé, fort riche et sans enfant, qui était prêt à en acheter un au berceau, pourvu qu'il fût bien constitué... Oh, il ne fallait pas que la jeune mère s'attendît à recevoir beaucoup d'argent, car la filière qui remontait jusqu'au couple belge comptait une demi-douzaine de personnes et chacune d'elles exigeait sa part...

« La jeune femme était au dernier degré du dénuement. La somme qu'offrit l'infirmière lui parut énorme... Elle ne revit plus son petit garçon...

« Mais, sortie de l'hôpital, une idée lui vint...

« Ces Belges, dans Hong-Kong, n'étaient pas les seuls à désirer un enfant d'adoption. Elle se renseigna, entra en rapport avec des matrones, des médecins plus ou moins louches, des intermédiaires singuliers. Ainsi, elle découvrit un véritable marché d'enfants. Naturellement, les plus beaux y faisaient prime.

« Alors la jeune femme décida de se lancer dans le négoce et de l'exercer avec intelligence. C'est-à-dire de vendre directement, et le plus cher, des enfants qu'elle ferait aussi splendides que possible.

« L'argent rapporté par la première vente lui permit de s'habiller et de choisir. Elle se rendit dans diverses maisons de danse en cliente. Cela, évidemment, lui donna du prestige aux yeux des étrangers. Elle put, tout à loisir, opérer sa sélection. Elle décida ainsi que le père de son prochain enfant serait un pilote américain, athlétique, aux yeux bleus.

« Elle ne s'était pas trompée dans ses prévisions. La fillette qu'elle eut, dans une clinique cette fois, et entourée de soins, avait toute la séduction de l'Orient, avec des yeux clairs et des cheveux blonds. Vous le savez d'ailleurs, ces mélanges de race donnent souvent des fruits miraculeux…

« Cette petite fille fut achetée à un prix très élevé. »

J'interrompis Harry Ling pour lui demander :

— Et le père ?

— Embarqué pour l'autre bout du monde, il ne se doutait même pas qu'il avait laissé cette trace de son passage à Hong-Kong… Et pour ceux qui suivirent, il en fut de même…

« Car la jeune femme a continué le commerce. Et comme elle met au monde des enfants merveilleux et qu'elle a toujours choisi ses partenaires d'un œil infaillible, elle est devenue très,

très riche, après avoir vendu trois garçons et deux filles…

« Au prochain enfant, elle a décidé de s'arrêter pour ouvrir une maison de danse qui sera, dit-elle, plus magnifique encore que celle-ci… »

Harry se leva. Je fis de même. L'écran mobile nous livra passage…

Dans la salle, le bel officier anglais faisait danser la jeune Chinoise…

IV

Le Baume du Tigre

Il était encore grand jour quand Harry Ling et moi nous prîmes congé des aimables jeunes femmes qui nous avaient tenu compagnie dans la maison de danse. Je m'arrêtai quelques instants sur le perron pour contempler le paysage qui était, comme partout à Hong-Kong, d'une beauté saisissante. La mer, les monts, la côte de Kowloon, les petites îles de la baie, formaient le fond de la fresque. Et l'on voyait aussi, de l'endroit où je me trouvais, un morceau du port, avec ses quais, ses bateaux et ses jonques.

Dans cette magnificence qui m'était devenue habituelle, il y avait toutefois un élément nouveau. Sur la droite, surmontant un ensemble de bâtiments et d'arbres, s'élevait une assez haute tour, revêtue à intervalles réguliers d'ornements circulaires, percée d'orifices symétriques et coiffée d'une petite aiguille.

— Qu'est-ce que c'est ? demandai-je à Harry Ling.

Mon compagnon me considéra avec incrédulité.

— Quoi ! s'écria-t-il. Vous ne connaissez pas cet édifice ! Mais il est sur des milliers de cartes postales. Des visiteurs sans nombre et de toutes les nationalités s'y rendent chaque jour. Il est célèbre dans tout l'Extrême-Orient. C'est la pagode du *Tiger Balm.*

Je répétai mécaniquement :

— La pagode du *Tiger Balm*... Le Baume du Tigre...

Puis je dis :

— Franchement, cela n'a aucun sens pour moi.

Harry Ling m'examina de nouveau très attentivement, comme s'il avait peur d'une moquerie de ma part.

Quand il se fut assuré que j'étais sincère, il dit simplement :

— Venez...

Alors, pendant deux heures — et seule la nuit mit fin à cette promenade hallucinée — j'allais de stupeur en stupeur à travers la Pagode du Baume du Tigre.

La tour qui, d'abord, avait fixé mon attention, n'avait en elle-même rien d'extraordinaire. Par contre ce qui se trouvait aux alentours semblait relever d'un cauchemar burlesque et monstrueux.

C'était une vaste propriété, mais disposée en hauteur, parce qu'elle s'accrochait, comme tout domaine à Hong-Kong, au flanc du roc abrupt. On y accédait par un premier escalier assez raide, qui partait de la route pour aboutir à la terrasse d'une grande et somptueuse maison d'habitation, cernée de fleurs et munie d'une piscine. Après quoi, l'on débouchait sur un terre-plein et aussitôt la folie commençait.

Car de là, dans un fouillis au premier abord inextricable, partaient en toutes directions sentiers et pistes, gradins et degrés, arcades et galeries, allées et rampes qui, grimpant, descendant, tournant en spirales, se mêlant, s'enchevêtrant, revenant au point de départ, composaient un dédale informe, un labyrinthe aplati contre une paroi de falaise. Et derrière chaque pierre, sous chaque arbre, le long de chaque escalier, entre les colonnes, dans les pavillons et les kiosques innombrables, au fond des arcades, au milieu des massifs de fleurs, debout, assis, agenouillés, couchés, tordus, lovés, gesticulant, ricanant, grimaçant, menaçant, peints, sculptés, taillés dans le fer-blanc, la porcelaine, l'os, le bois, la cire, l'argile, le plâtre, le stuc, monochromes, polychromes, isolés, en groupes, en masses, en foules, grouillaient, fourmillaient d'une existence frénétique et silencieuse, des personnages humains et bestiaux, des divinités, des monstres, des démons et des symboles.

Les dragons énormes dressaient leurs gueules flamboyantes au-dessus de l'herbe qui tapissait une éminence.

Un troupeau d'éléphants, trompes, oreilles, épaules et défenses confondues dans un affrontement immobile, servait de soubassement à une grande galerie ouverte, divisée par des colonnes.

Dans les niches, logeaient des squelettes sur lesquels souriaient des visages extatiques, et des guerriers barbus, et des sorciers à long bonnet en pointe, et des rois couverts de parures, et de hideuses femmes nues, dont le ventre était lourd de fécondités malsaines.

Plus loin, un lapin démesuré en porcelaine blanche semblait sortir des plantes grasses. Sous des arbres s'ébattaient des singes de plâtre aux museaux outranciers. Puis, tout à coup, l'on voyait sur une pelouse un vieux monsieur chinois à jaquette verte adresser un sourire cireux de Musée Grévin à une jeune fille en robe de brocart.

Et à mesure que l'on montait, montait sans fin, le long des sentiers qui se croisaient, se nouaient et se dénouaient autour de l'axe du rocher, on découvrait sans cesse de nouveaux asiles, de nouveaux refuges — grottes en rocaille, socles contournés, kiosques d'une préciosité horrible, pavillons posés de guingois pour un peuple de peintures, de statues, de figurines incroyables par leur nombre, leur variété, leur violence, leur laideur, leur obscénité.

Des arbustes, des buissons torturés, des plantes infléchies contre nature, toute une végétation naine, artificiellement plantée et formée, mise au jour comme par supplice, entourait, encadrait ce monde en miniature de monstres, de succubes, d'animaux humains, d'hommes-chiens, oiseaux, serpents, limaces, lézards, cet univers d'êtres innommables.

C'était un chaos, un enfer, un panthéon, un pandemonium, une mythologie de cauchemar. Tout y faisait songer aux fruits de la fièvre, du délire, de la démence.

Quel était le visionnaire malade, le prophète insensé qui avait défriché ce roc, planté ces centaines d'arbres et de massifs fleuris, bâti toutes ces marches, ces habitations et les avait patiemment, amoureusement peuplées de tant d'images affreuses et grotesques ? Et de quelle fortune prodigieuse disposait-il pour avoir édifié tout cela ?

Enfin, nous arrivâmes au sommet de ce royaume de l'absurde.

Là, dominant une vue immense, faite de flots, de navires, de parcs somptueux et de collines sur lesquelles s'accrochaient de misérables villages de boues, un tigre en plâtre, grandeur et couleur nature et toutes ses stries brillant au soleil du crépuscule, bondissait vers l'abîme qui se creusait sous son socle.

Le socle lui-même portait une inscription :

TIGER BALM

Alors, je demandai à Harry Ling :

— Le Baume du Tigre, c'est quoi ? une secte religieuse ?

À l'ordinaire, Ling, pour manifester la gaieté, se contentait de sourire. Cette fois, il rit aux éclats.

— Oh ! non, dit-il. Le Tiger Balm n'est qu'une gigantesque, une extraordinaire affaire pharmaceutique. Ainsi s'appelle un onguent destiné à guérir, selon les assurances de son créateur, maux de tête et de foie, rhumatismes et fièvres et bien d'autres infortunes encore. En tout cas, il n'est pas un homme, femme ou enfant chinois qui soit né en Chine, Malaisie, Polynésie, Birmanie ou Indochine, qui n'en connaisse le nom et ne s'en soit servi au moins une fois.

— Mais dans tout cela, que vient faire la pagode ? m'écriai-je.

— Remerciement au Ciel, dit Harry Ling… Et publicité…

— Et tous ces gnomes, singes, larves, squelettes, femmes nues ?

Harry Ling ne souriait plus. Il répondit, doucement, mais avec fermeté :

— Vous ne pouvez pas comprendre. Chaque figure, ici, représente une scène prise aux légendes, à la mythologie, aux contes, au folklore de la Chine.

Il sourit de nouveau avant de reprendre :

— Oh ! bien sûr, l'homme qui a conçu tout cela n'était pas précisément un artiste. Mais il avait assez d'argent pour faire ce qu'il voulait. Alors, il a édifié cette pagode à Hong-Kong et une autre, plus extravagante encore, à Singapour et une troisième à Chang-Chin, petit village du centre de la Chine, berceau ancestral de sa famille, où, naturellement, elle écrase tout — et il en a dessiné lui-même chaque détail.

— Mais d'où venait, demandai-je, la fortune fabuleuse nécessaire à ces constructions ?

— Tiger Balm, dit Harry Ling.

Alors, tout en caressant les flancs du fauve en plâtre, mon compagnon me raconta la vie et le caractère du personnage à qui l'Extrême-Orient, en même temps, devait le Baume du Tigre et ses monuments les plus monstrueux.

*

Aw Boon Haw était né en 1880 en Birmanie, dans un des faubourgs les plus pauvres de Rangoon. Son père, chassé de Chine par la misère, y exerçait faméliquement le métier d'herboriste.

Aw Boon Haw, dès qu'il put se tenir debout, travailla dans la minuscule et sordide boutique paternelle. Il apprit le nom et l'origine des plantes médicinales, leurs qualités diverses, la façon de les moudre, de les piler, de les dessécher, les mélanger, soit en liquides miraculeux, soit en baumes, pâtes, pommades et onguents bénéfiques.

Or, parmi ces amalgames que le villageois de Chang-Chin, émigré en Birmanie et résigné à son humble condition, fabriquait au petit bonheur, il en était un qui semblait donner des résultats vraiment favorables pour les migraines, les rhumes, les courbatures et autres menues indispositions. Mais ce produit ne dépassait pas le cercle infime que formait la clientèle de l'herboriste chinois.

Aw Boon Haw changea très vite le destin de cet ingrédient. D'abord, il lui donna le nom du Seigneur de la Jungle. Ensuite, tout adolescent qu'il fût encore, il se munit de quelques boîtes et de quelques tubes contenant le Baume du Tigre, dont il connaissait par cœur la recette et partit conquérir la fortune.

C'était un vendeur de génie. Il commença par placer en masse l'onguent au titre prestigieux à Singapour parmi l'énorme colonie chinoise. Il consacra une partie de ses gains à la publicité — dont il avait tout de suite et d'instinct senti la puissance. Le Baume du Tigre devint une grande affaire. Il la développa dans toute la Malaisie, l'étendit au Siam…

Chemin faisant, Aw Boon Haw se livrait à

d'autres commerces. L'opium, à cette époque, n'était pas interdit en Extrême-Orient, ou bien, quand il l'était, d'une façon toute formelle. Aw Boon Haw l'acheta et le vendit en gros. Jusqu'à l'invasion japonaise, ce fut une de ses sources de revenus. On racontait aussi — les méchantes langues à vrai dire — que la fabrication de fausse monnaie avait puissamment aidé ses débuts aventureux.

Quoi qu'il en fût, lorsque la fin de son périple l'amena dans le pays de ses ancêtres, Aw Boon Haw disposait de capitaux considérables et d'inépuisables stocks en Baume du Tigre.

Il se fixa à Hong-Kong et, de là, inonda la Chine de son onguent.

Il consacra au lancement des sommes énormes, et, pour être maître de sa publicité, acheta et fonda des journaux importants, aussi bien de langue anglaise que chinoise. Il en eut douze à son propre nom. En fait, il possédait une chaîne de presse qui allait de Hong-Kong jusqu'à Singapour, en passant par Saigon, Bangkok et Penang.

On estimait sa fortune à une dizaine de milliards. Sa collection de vieux jades valait, à elle seule, cent millions. Il avait tout laissé à sa femme numéro deux, son épouse préférée.

Lorsque Harry Ling eut dessiné les grandes lignes de cet extraordinaire portrait, je lui demandai s'il avait approché ou même aperçu Aw Boon Haw.

Il rit brièvement, du bout des lèvres, avec une étrange et dure amertume :

— Je l'ai vu chaque jour pendant deux ans, dit Harry Ling. J'ai été le rédacteur en chef du principal quotidien qu'il possédait à Hong-Kong.

Ling se recueillit un instant, retira sa main du Tigre en plâtre et dit à mi-voix :

— Un affreux patron… Le plus despotique et le plus sordide.

Il le décrivit en quelques mots nets, incisifs, à l'emporte-pièce.

Au physique : trapu, massif, le cou bref, un masque immobile. Des yeux d'une acuité presque insoutenable. Un mangeur terrifiant.

Au moral : un tyran capricieux, n'ayant que deux passions : les affaires et les femmes. D'une prodigalité sans limites, pour l'ostentation, pour « la *face* ». D'une monstrueuse avarice pour ceux qui le servaient.

— Les correcteurs d'imprimerie, disait Harry Ling, touchaient seulement quinze cents francs *par mois*, et, pour toute faute qu'ils laissaient passer, Aw Boon Haw, qui épluchait lui-même toutes les éditions, leur en retirait soixante. Par contre, à chaque anniversaire de sa naissance, il distribuait deux cent cinquante mille dollars de Hong-Kong (quinze millions de francs) aux vieillards nécessiteux. Mais il obligeait les plus misérables et les plus malades à venir la veille en personne, et souvent de très loin, au terrain de football, et ils devaient attendre toute la nuit qu'on leur donnât les dix dollars rituels.

Par contre, il avait fait bâtir et fonctionner quinze cents écoles en Chine avant l'arrivée des Japonais.

Et quand ces derniers prirent l'île impériale, Aw Boon Haw ne plia jamais devant ces conquérants qui, pourtant, inspiraient à tous une terreur justifiée.

Il sut même obtenir d'eux un respect qui alla jusqu'à l'incompréhensible.

Un jour, le gouverneur militaire de Hong-Kong, nommé par Tokio, fit venir à son quartier général Aw Boon Haw pour lui demander comment on pouvait améliorer les relations entre Japonais et Chinois. Le propriétaire du Tiger Balm répondit froidement :

— Il n'y a rien à espérer tant que vous ne changerez pas vos façons de barbares et de meurtriers.

Les officiers qui entouraient le gouverneur tirèrent d'un seul mouvement leurs sabres pour mettre en pièces l'insolent. Mais leur chef les arrêta net. Puis il fit reconduire Aw Boon Haw avec beaucoup d'égards et plaça devant sa maison, qui attenait à l'extravagante pagode, un garde pour le protéger contre tout pillage.

— Et devant l'homme blanc, il n'a également jamais baissé les yeux, me dit Harry Ling.

Ce fut le seul instant où il y eut une inflexion d'estime dans sa voix, car il reprit aussitôt, avec une ironie cruelle :

— Ce dédain du Blanc lui a coûté la vie. Il avait un cancer à l'estomac, mais il n'a connu la nature de sa maladie que trois mois avant la fin. Jusqu'alors, il s'était refusé farouchement — malgré des souffrances effroyables — à consulter un médecin étranger. Quand il s'y est décidé, c'était trop tard. Il a eu beau se rendre en Amérique pour une opération, la tumeur était sans remède. Il est mort pendant son voyage de retour, à Honolulu, travaillant jusqu'à son dernier moment de lucidité.

Le soleil déclinant commençait à toucher l'horizon occidental, du côté de la Chine immense et mystérieuse. Dans la rade magnifique de Hong-Kong, les premiers feux s'allumaient sur les bâtiments de guerre, les paquebots, les cargos et les jonques.

Les magots, les idoles, les personnages humains, les animaux, les monstres, bref, tout l'univers grimaçant, hideux ou grotesque de la Pagode du *Tiger Balm* entrait peu à peu dans sa vie nocturne.

Malgré cela, les visiteurs affluaient encore. Et leur file montante se heurtait à ceux qui, après une longue promenade, quittaient l'endroit.

Harry Ling alluma une cigarette et dit en soufflant sa fumée dans la direction du flot humain :

— La foule ici, est assez considérable, n'est-ce pas ? Eh bien ! Elle n'existe pas auprès de celle que j'ai vue se presser pour la veillée funèbre, lorsque le corps de Aw Boon Haw, ramené d'Honolulu, a été installé dans sa maison, que vous apercevez d'ici.

En effet, de l'éminence où nous nous étions arrêtés, on voyait, à travers les arbres et les bâtisses aux formes extravagantes qui dominaient le domaine de la pagode, le profil de la vaste demeure, précédée d'une piscine, d'où le seigneur du Baume du Tigre avait régné sur son empire d'onguents et de journaux.

— La cérémonie mortuaire d'Aw Boon Haw, reprit Harry Ling, fut en tous points digne de sa vie. C'est-à-dire incroyable.

« Au rez-de-chaussée, toutes les énormes pièces de réception n'en faisaient qu'une, les portes ayant été enlevées. Des batteries de bouteilles de champagne, des flacons de whisky et de gin, et, pour les amateurs, de vin chinois, chargeaient les tables. Une nuée de serveurs mélangeaient les breuvages pour les gens qui se pressaient, s'écrasaient, s'étouffaient dans les salons. Tout le monde était de l'humeur la plus joyeuse, aussi bien les visiteurs que les innombrables parents du mort par lesquels ils étaient reçus.

« — Un scotch ? Un gin ? Un peu de champagne ? Un autre verre ? » On n'entendait que ces mots. Et le gai tintement des cubes de glace contre le cristal des verres les accompagnait…

« Après avoir bu copieusement et admiré l'incomparable collection de jades répandue à travers les pièces d'apparat, les gens montaient au premier étage où, autour du cercueil somptueux, veillait la famille la plus proche composée surtout de femmes. Là, par un surprenant contraste, régnaient la pénombre et le silence. Des silhouettes timides, humbles, dont on ne voyait pas le visage, se tenaient assises contre les murs. Une seule personne avait la tête droite, le maintien assuré, et, en fait, les gens ne s'inclinaient que devant elle. C'était l'épouse n° 2, l'épouse préférée d'Aw Boon Haw, à laquelle il avait laissé le gouvernement de ses biens immenses, l'exploitation du pactole que représente le *Tiger Balm* et la direction de sa chaîne de journaux. »

Je demandais à Harry Ling de me décrire l'héritière d'une telle fortune et d'une telle puissance.

Au lieu de me répondre, il tira de son portefeuille une photographie découpée dans un journal de la veille. Elle représentait, au milieu de deux compagnes plus jeunes et au sourire charmant, une femme d'âge mûr, très petite et très râblée. Le visage était rond, aplati et le nez camus chevauché de lunettes à monture métallique. Mais il y avait sur tous les traits et, singulièrement, dans le vaste front bombé et dans une bouche ferme et précise, l'expression d'une intelligence profonde et d'une énergie presque dure.

La légende du journal — qui appartenait d'ailleurs à cette femme — portait :

« Mme Aw Boon Haw, accompagnée de deux de ses parentes, quitte, par avion, Hong-Kong pour Rangoon afin de rendre visite aux tombes des ancêtres du défunt Mr. Aw Boon Haw. »

Harry Ling reprit la coupure de presse, la plia soigneusement et dit :

— Quand ils ont émigré en terre birmane, ces pauvres Chinois ne se doutaient guère que leur descendant, un jour, bâtirait des pagodes comme celles-ci…

Dans la pénombre du soir, le long des escaliers, des sentiers, des allées, et au fond des niches, des bosquets, des grottes, des kiosques et des pavillons, le peuple délirant suscité par Aw Boon Haw prenait une vie sourde, inquiétante…

V

Georges — mon ami chinois

Lorsque j'étais passé par Rangoon, j'y avais connu Piérard qui dirigeait le bureau birman de l'*Agence France-Presse*, dans un local digne des temps de Kipling. C'était un magnifique personnage de journaliste. Le parler franc et vert, d'une santé redoutable, résistant à l'alcool le plus dur, épris de sa profession, courant d'instinct à l'aventure la plus risquée, il contait à merveille des souvenirs qui s'étendaient à vingt-cinq ans passés en Extrême-Orient, comme reporter, correspondant de guerre, agent de la France-Libre, franc-tireur contre les Japonais et, enfin, leur prisonnier.

Le jour où je prenais l'avion pour Hong-Kong, Piérard devait rejoindre les troupes birmanes, mobilisées dans les jungles de la frontière siamoise, contre les bandes — moitié soldats, moitié pillards — qui se réclamaient de Tchang Kaï-Chek. Il me conduisit tout de même à l'aérodrome et, à l'instant où nous allions nous séparer, me dit :

— J'ai à Hong-Kong un bon copain chinois. On l'appelle Georges. Il a travaillé avec moi à Shanghaï. Nous avons ensuite appartenu au même groupe de guerilleros — avant de tomber ensemble aux mains des Japonais... Après la guerre, j'ai pu le faire venir à Hong-Kong... Tâchez de le voir... Il vous rendra service.

En vérité, personne à Hong-Kong ne me fut aussi utile, aussi précieux que ce Georges.

Mais, chance beaucoup plus rare, j'ai trouvé en lui un ami digne de l'estime la plus entière, de l'affection la plus profonde et comme on en rencontre peu parmi les hommes, qu'ils soient jaunes, rouges, blancs ou noirs.

Il avait près de quarante ans, mais sa figure n'en accusait que la moitié, ressemblant par là à beaucoup de visages de l'Extrême-Orient qui conservent indéfiniment sur leurs traits la fraîcheur de l'adolescence jusqu'au jour où, d'un seul coup, ils se couvrent de rides, comme s'ils ne connaissaient que deux saisons de la vie : le printemps et l'automne.

Quoique de petite taille, très mince et presque fluet, Georges était d'une vigueur dangereuse. Tous ses muscles entraînés depuis qu'il avait été un petit garçon aux secrets de la boxe et de la lutte chinoises, — il pouvait soutenir tout le poids de son corps sur le pouce d'une seule main — faisaient de lui, s'il en était besoin, une sorte d'acrobate aux ressources meurtrières.

Les cheveux coupés ras, les yeux très étroits et très vifs, les joues lisses, la propension qu'il avait à rire ingénument — tout lui donnait une expression presque enfantine. Mais, de même que sous un visage d'une étonnante jeunesse Georges approchait de l'âge mûr, de même que son corps, en apparence inoffensif, recélait une redoutable puissance, de même, derrière cet air aimable, gai, comme puéril, s'abritait une sensibilité aiguë et délicate à l'extrême, une inépuisable générosité de cœur, une patiente et douloureuse sagesse.

Georges n'appartenait à aucun parti. Il avait quitté la Chine communiste d'une manière légale et parce que, assuré de gagner sa vie plus largement à Hong-Kong, il pouvait envoyer ainsi quelque argent à sa femme et à son fils demeurés à Shanghaï.

Sa philosophie était simple : servir ses amis de toute sa loyauté, de tout son courage qui étaient sans défaut, et, dans la mesure des faibles ressources que lui valait son poste de chef du petit personnel à France-Presse — aider les gens pauvres. Le sentiment de la misère humaine le poursuivait, l'obsédait comme une intolérable souffrance personnelle. Il pensait qu'on y pouvait remédier par une solidarité volontaire, un partage des biens joyeusement accepté. Chimère sans doute. Mais dont il parlait avec la foi la plus simple. Et que lui, il pratiquait.

*

Tel était l'homme aux yeux d'enfant hardi et gai, plein d'expérience et de songe, brave, droit, simple et noble qui, au seul nom de Piérard, dont le pouvoir était souverain sur lui, s'était mis à mon entière disposition, dès mon arrivée à Hong-Kong.

Il est évident que le temps seul me permit de découvrir sa véritable nature. Mais, dès l'abord, je fus surpris par l'étendue et la qualité de son information en ce qui concernait la ville.

Il semblait tout connaître de Hong-Kong et de Kowloon également : les grandes affaires et les petits métiers ; le caractère spécial de chaque faubourg, de chaque rue ; les salaires, les travaux, les misères ; les sociétés secrètes ; la beauté des lieux, la dureté des âmes, leur délicatesse ou leur corruption ; la puissance des fortunes colossales et la valeur d'un centime pour le déshérité ; les rapports entre Blancs et Jaunes, entre pauvres et riches, entre Chinois des différentes provinces, entre le peuple de terre et le peuple de mer.

Un aussi vaste savoir n'était pas celui, tout professionnel, d'un journaliste (d'ailleurs, Georges n'exerçait pas vraiment le métier), ni même d'un flâneur curieux. On y sentait le besoin de comprendre les ressorts de la condition des êtres ; on y sentait une profonde tendresse pour l'homme, et que cette amitié chaude et diffuse servait de compensation à une cruelle solitude.

Car, loin de sa véritable patrie — la région de Shanghaï — loin de sa famille, ne se permettant aucune dépense inutile, Georges était seul, terriblement. Cela lui donnait loisir de voir beaucoup et de beaucoup réfléchir à ce qu'il voyait.

Il commença par me montrer les choses en superficie.

Il me guida à travers les restaurants à la façon de Canton, de Pékin, de Shanghaï. Il me faisait sentir la différence des piments et des sauces, m'enseignait à boire le vin chaud et léger, me racontait la vie des patrons, des garçons, des clients.

De lui-même il parlait très peu. Mais, au seul nom de Shanghaï, ses traits s'illuminaient d'une clarté candide. Pour lui, rien n'était vraiment bien et bon que ce qui venait de sa ville... : la cuisine, les tailleurs, les marchands, les femmes.

Par contre, il détestait les gens de Canton, les plus nombreux et enracinés depuis le plus longtemps à Hong-Kong. D'après Georges, ils n'aimaient que l'argent et tout leur était bon pour l'acquérir. Et ils avaient façonné Hong-

Kong à leur image. Il ne pouvait leur pardonner de l'avoir dupé, trompé, avant qu'il ait eu le temps de les connaître, lui, Chinois comme eux, et réfugié sans ressource aucune. C'était la seule haine d'un homme plein d'indulgence et de bonté, qui ne montrait pas de rancune contre les Japonais eux-mêmes, ses anciens geôliers et bourreaux.

Nous allions avec Georges de marché en marché, de boutique en boutique.

Là, séchaient les herbes et les plantes destinées selon des recettes millénaires à guérir les maux les plus subtils. Ici de petits serpents se tordaient dans une vitrine et j'apprenais que leur chair succulente était réservée à de riches gourmets, car ils coûtaient très cher.

Plus loin, un vieil homme était assis sur le seuil d'un entrepôt plein de grands coffres évasés, d'un bois magnifique, tout ornés de caractères brillants : c'était un fabricant de cercueils.

Et il y avait les marchands de charmes en métaux précieux, et les rues montantes où, sur les escaliers, entourés de vieilles maisons penchées, couvertes d'enseignes frémissantes et chargées d'hiéroglyphes, des femmes sans âge vendaient l'encens, les poissons secs et la bonne aventure.

Nous passions devant les banques et les comptoirs de change. À leurs portes ou leurs guichets se tenait toujours un Sikh enturbanné et barbu, fusil au bras. Et Georges m'assurait que ces gardes se trouvaient là beaucoup plus pour leur effet décoratif, pour la *face*, que pour la nécessité — car un seul homme armé d'un vieux fusil ne pouvait rien, disait-il, contre des gens résolus, ainsi que plusieurs agressions l'avaient bien montré.

Nous nous rendîmes à Repulse Bay où l'un des plus somptueux hôtels du monde, comme allongé sur un tapis de fleurs, dominait un golfe suave, semé d'îlots et de jonques. Et aussi dans le village d'Aberdeen où les filles qui ramaient sur les sampans, vêtues de longues tuniques et de pantalons d'un bleu sombre, coiffées d'un chapeau de paille rond et rabattu sur le front — exactement pareilles à celles que l'on voit sur les estampes et les gravures anciennes — et toutes éclatantes de santé, de gentillesse, de fraîcheur marine, assaillaient le passant étranger avec un tumulte naïf et débonnaire pour le conduire vers les restaurants flottants, qui montraient dans leur aquarium des poissons que, pour leur couleur, on appelait des poissons perroquets.

Georges me fit également visiter un bar célèbre par les filets qui protégeaient les galeries du premier étage et dont les mailles solides servaient à empêcher que, dans les bagarres entre marins en bordée, les combattants ne se fracassent les os en tombant sur les dalles du rez-de-chaussée, avant la charge des policiers civils et militaires.

Et quand Georges m'eut conduit en tous ces lieux, et pris ainsi le temps de me connaître davantage, il demanda :

— Vous intéresserait-il de voir des choses que n'ont jamais vues ni les voyageurs, ni les journalistes, ni les diplomates, ni les hommes d'affaires étrangers, ni les Chinois fortunés, même quand ils ont eu Hong-Kong pour lieu de naissance ?

Alors, Georges m'emmena à travers Kowloon.

*

C'était, de l'autre côté du détroit, face à l'île impériale, une sorte de faubourg de Hong-Kong, situé sur la bande côtière du continent asiatique. Mais un faubourg immense et qui, surtout depuis la révolution chinoise, avait largement dépassé en étendue et en population l'originelle cité, accrochée au roc, entourée par le flot.

Kowloon avait absorbé la part essentielle des deux à trois millions de réfugiés venus de la Chine entière. À Kowloon travaillaient les vieilles et nouvelles usines, les grandes installations commerciales, et s'étendaient les nouveaux quartiers sur des kilomètres et des kilomètres, bien au-delà du noyau primitif constitué par l'embarcadère des ferry-boats, quelques grands hôtels et la gare — où commençait le rail qui par Canton, Tien-Tsin, la Mandchourie, le Transsibérien et les lignes d'Europe allait, d'un fil continu, depuis les mers d'Extrême-Orient jusqu'aux côtes de l'Atlantique.

Et dans cette ville, après la brève zone des palaces et des grands magasins tous groupés autour du quai aux ferries et habitée par la moyenne et petite bourgeoisie européenne et chinoise, j'ai vu, grâce à Georges, le revers de la médaille étincelante, les terribles coulisses de la parade et du paradis de Hong-Kong.

C'était la nuit... Des rues... des rues... des rues s'étiraient et se coupaient en damier, des rues mornes, mal éclairées, monotones, bordées de maisons ni basses, ni hautes, sans visage et d'un blanc sale. À mesure que l'on avançait, la décrépitude, la pauvreté, devenaient plus visibles. Soudain une vive lumière parut aux fenêtres et de tous les étages s'éleva une rafale de bruit, roulant, percutant, crépitant, qui ne cessa plus. On eût dit qu'une grêle de cailloux s'abattait sans répit contre des dalles de marbre ou que des mitrailleuses tiraient par dizaines.

Je me tournai vers Georges. Il sourit.

— Ma-jong, dit-il.

Et comme je ne comprenais pas, il ajouta :

— Maisons de ma-jong.

Je me rappelai alors que j'avais, dans les villes birmanes, vu jouer ce jeu en plein air ou à l'intérieur des logis. Et l'ardeur puérile et sauvage me revint à la mémoire dont les adversaires usaient pour faire retentir les pièces du ma-jong — semblables à d'étranges dominos — contre la table sur laquelle se déroulait la partie. Le bruit qu'ils en tiraient était un élément essentiel de leur plaisir.

Mais combien fallait-il de tables et de joueurs pour susciter ce tumulte extravagant qui, sans répit, emplissait la rue de salves si violentes qu'on s'entendait parler avec peine ?

— Dans cette rue, chaque étage (et il y en avait quatre) de chaque immeuble, contient un établissement de ma-jong, dit Georges. Et il en va de même pour toutes les rues de ce quartier.

Mon ami devait élever la voix pour percer l'incroyable crépitement d'un tripot qui occupait une partie de la ville.

Je dis à Georges :

— On m'avait affirmé que les jeux étaient interdits rigoureusement.

Georges sourit encore :

— Bien sûr, dit-il. Seulement les tenanciers ont donné à leurs maisons le nom d'école… On n'y joue pas au ma-jong. On apprend à jouer. Vous sentez toute la différence…

— Mais c'est enfantin, m'écriai-je. Les policiers voient bien…

— Non… interrompit Georges, non. Si on leur met quelques dollars sur chaque paupière…

Oh ! il suffit de peu. Ils sont si mal payés. Ce ne sont que des Chinois, après tout.

Il parlait sans révolte ni amertume. Il énonçait des faits. Et son sourire m'accompagna sans cesse, tandis que nous traversions cette partie de Kowloon qui semblait balayée par des batteries de mitrailleuses et que, de temps à autre, j'entrais dans un tripot où des faces de possédés se convulsaient par centaines dans le tonnerre des dominos chinois.

Quand nous fûmes sortis du quartier du ma-jong, Georges me dit :

— La prostitution, elle aussi, est interdite. Mais il y a les maisons de thé. Et encore là, on y met quelque forme. Il faut aller ailleurs avec les dames. Alors, pour faciliter le commerce, on a procédé comme pour le ma-jong… On a installé des « écoles » de danse… Et les chambres des femmes professeurs sont dans le même appartement… Ces « écoles », également, emplissent tout un quartier. Et là, également, on place quelques dollars sur les paupières curieuses.

« Enfin, il y a les endroits où, grâce aux mêmes dollars sur les mêmes paupières, on ne prend même plus la peine de dissimuler.

« Vous allez voir. »

Après une longue marche, les maisons s'abaissant et se dégradant toujours, nous arrivâmes à une ruelle sans pavés, sans éclairage et sur les deux côtés de laquelle se dessinait dans l'ombre une rangée de cahutes, faites de planches et de tôle ondulée. Par les rainures des fenêtres et des portes mal jointes, filtraient de pâles lueurs.

Georges entra au hasard dans l'une de ces cabanes. La terne flamme d'une lampe à pétrole fumeuse et dont le verre était ébréché sur les bords éclaira un réduit minuscule, meublé d'un divan lamentable, d'une cuvette et d'un broc rempli d'une eau douteuse.

Deux femmes se levèrent craintivement. Deux femmes très jeunes, au visage doux et timide. Elles portaient, avec une décence extrême, des jupes fendues jusqu'à mi-cuisse et des blouses à col montant de l'étoffe la plus pauvre. Leurs charmants yeux bridés se fixèrent sur moi. Ils exprimaient une véritable panique. La vue d'un homme blanc les terrifiait.

— Elles n'ont peut-être jamais rencontré un Européen ou un Américain, dit Georges à voix basse. Même les matelots les plus affamés de filles et les plus démunis d'argent n'arrivent pas jusqu'ici.

Je me souvins de l'exquise maison de danse, près de la pagode du *Tiger Balm*, avec son éclairage sous-marin, ses écrans, ses canapés mobiles et ses merveilleuses créatures. Comme nous étions loin de tout cela...

Georges parlait aux deux Chinoises. Au moyen de quelques plaisanteries et quelques gentillesses, il réussit à dissiper leur gêne, leur crainte et à les mettre en confiance. Parce qu'il ne montrait aucune sensiblerie dans son amitié pour les pauvres, les faibles et les humbles, il avait sur eux ce don, ce pouvoir.

— Toujours la même chose, dit-il. Des réfugiées… La plus petite est orpheline. Elle a cherché du travail… quelque temps… sans en trouver… alors… L'autre est l'aînée d'une famille de onze enfants. Le père gagne deux dollars (120 francs) par jour… Alors…

L'une des jeunes femmes sortit. Elle voulait nous offrir du thé, mais n'avait pas de réchaud. Elle se rendait chez une voisine qui en possédait un.

De temps à autre, la porte s'ouvrait et on apercevait sur le seuil un visage émacié ou un groupe d'hommes aux vêtements misérables.

Nous voyant, ils allaient plus loin.

La fille qui nous avait laissés revint avec une théière fumante. Elle fouilla sous le divan, y trouva des tasses, nous servit…

Quand nous eûmes achevé le breuvage bouillant et léger, Georges lui donna un peu d'argent. Elle parut étonnée et confuse…

Nous regagnâmes la rue boueuse.

*

C'était une autre nuit, quelque part dans Kowloon, le faubourg immense et informe, bien loin du débarcadère aux ferries, d'où l'on voyait, de l'autre côté du bras de mer, flamboyer la magique illumination du rocher de Hong-Kong.

Ici, le seul éclairage provenait des verrières d'une longue et sinistre bâtisse, autour de laquelle s'affaissaient, comme écrasées par l'obscurité, la fatigue et la misère, des masures à peine distinctes.

J'avais jeté un regard à l'intérieur et vu, une fois de plus, un hall malpropre et délabré où s'exténuaient dans une atmosphère irrespirable des centaines d'hommes, aux faces et aux poitrines creuses. La sueur faisait briller leur peau jaunâtre ; leurs yeux éteints avaient la terne couleur des guenilles qu'ils portaient.

Georges m'avait conduit de fabrique en fabrique. Et, laine, coton ou soie, le spectacle était le même partout. Et la condition des ouvriers aussi. Les fabriques tournaient la nuit comme le jour, à deux relèves. Cela signifiait douze heures de travail contre un salaire qui permettait tout juste de ne pas mourir de faim.

— Voilà pourquoi les étrangers s'extasient sur le bon marché des magnifiques tissus qu'ils trouvent à Hong-Kong, dit Georges. Voilà pourquoi les patrons de ces fabriques font rapidement des fortunes énormes.

— Qui sont-ils ? demandai-je.

— Des réfugiés chinois, dit Georges. Ce sont les plus durs.

Je fis remarquer alors à mon ami que la population de la colonie avait triplé en cinq ans et qu'il lui avait fallu absorber deux millions d'émigrés sans ressources.

— Je n'accuse personne, dit Georges. Mais comment accepter dans son cœur qu'il y ait tant d'argent pour un petit nombre d'hommes et tant de misère pour la plupart des autres ?

— Mais à Shanghaï, votre ville, n'était-ce pas la même chose ? demandai-je.

— Peut-être, dit Georges. Mais là-bas, j'avais ma famille, mes amis... je gagnais beaucoup. Je n'avais pas le temps de regarder, de réfléchir...

À ce moment, une silhouette loqueteuse qui venait à notre rencontre en vacillant s'arrêta et s'appuya contre le mur de la fabrique. L'homme était d'une maigreur terrible et respirait l'air péniblement.

Je demandai à Georges :

— Il meurt de faim ?

— Je ne crois pas, dit mon ami qui étudiait attentivement la figure éclairée par la clarté livide de la verrière. Je ne crois pas... C'est autre chose.

— Quoi ?

— Attendez... on va faire l'expérience, dit Georges.

Il parla brièvement à l'homme et celui-ci se traîna derrière nous jusqu'au carrefour le plus proche. Là, dans une encoignure, un restaurateur avait installé à ciel ouvert ses réchauds et ses nourritures : riz, pousses de bambou, épices, poisson frit, canard laqué. Les mets étaient succulents. J'y goûtai avec plaisir. Mais notre compagnon, après deux ou trois bouchées, s'arrêta.

— Je savais bien, dit Georges.

Il parla de nouveau à l'homme, mais, cette fois, à voix très basse. Alors, la face inerte s'anima soudain et une lueur de vie brilla au fond du regard qui ressemblait à une eau sourde et croupissante.

— Un fumeur d'opium, dit Georges. Il n'a plus d'argent pour en acheter et, sans drogue, il ne peut fournir le moindre effort. Je vais lui payer quelques pipes.

— Où ?

— Il y a des quartiers pour cela aussi. Le pauvre homme les connaît tous, soyez tranquille.

Deux *rickshaws* à côté de nous mangeaient gloutonnement du riz très délayé, accroupis entre les roues de leurs voitures aux brancards dressés vers le ciel nocturne. Leurs bras nus étaient aussi maigres que ces brancards et, dans le mauvais éclairage de la petite place, on ne voyait, de leurs visages, que les os saillants.

— Nous allons devoir les prendre, me dit Georges.

Il ne partageait pas ma répugnance à employer des hommes comme des bêtes de trait. Il pensait que c'était vaine sensiblerie. On ne devait pas, du moment que le métier existait, laisser mourir de faim ses artisans. Et, d'ailleurs, les coolies-porteurs — dont personne n'hésitait à louer les services — charriaient — et d'une manière plus pénible — des fardeaux beaucoup plus lourds que le poids humain.

— Ce quartier est trop perdu et trop pauvre pour y espérer un taxi à une heure si avancée, reprit Georges. Et nous devons aller très loin.

Je montai dans l'une des voiturettes. Georges — très léger — et le fumeur d'opium, dont le corps n'était qu'un sac d'ossements, se tassèrent dans l'autre.

Les *rickshaws*, d'un bref coup de reins, détachèrent les roues de l'ornière boueuse et prirent leur élan. Ils semblaient avancer sans peine d'une allure régulière, rythmée, aisée. Leurs pieds nus ne faisaient qu'un bruit très faible.

Course irréelle, course de songe… Le clair-obscur des rues… Les misérables maisons blanchâtres… Des ombres humaines allant où et pourquoi ? Des troupes d'enfants tapis contre les murs comme de petits animaux traqués ou perdus… Soudain un marché en plein air, illuminé de quinquets, avec ses vendeurs hâves, haillonneux. Et puis de nouveau la pénombre… des terrains vagues… et encore des bâtisses. Et la nuque ployée du *rickshaw*… ses bras liés aux brancards, aussi rigides, aussi maigres. Et le son léger, cadencé, des pieds nus…

Une colline, ou plutôt un piton très abrupt, se dressa sur notre droite. Les coureurs prirent un chemin qui menait vers cette éminence mais, arrivés à sa base, ils s'arrêtèrent. Même pour leurs mollets et leurs poignets entraînés à l'effort le plus épuisant, cette pente était trop raide. En outre, le sentier qui s'amorçait au flanc du piton eût empêché, par son étroitesse et les pierres qui l'encombraient, l'usage des voitures.

L'homme que nous avions recueilli près de la fabrique de textile et qui, alors, s'était montré incapable de la moindre énergie, fut habité soudain, et comme par enchantement, d'une force étonnante qui le porta le premier sur le sentier abrupt et lui permit de le gravir en courant.

— Il a senti l'opium, dit Georges.

Glissant, trébuchant, nous suivions avec peine et de loin l'intoxiqué en proie au besoin et que l'espoir de l'assouvissement soulevait, emportait. Il disparut bientôt.

— Pas d'importance, dit Georges, en s'arrêtant pour me laisser reprendre ma respiration… Je connais l'endroit.

Il se remit en marche.

VI

Les secrets de Kowloon

Par quelle aspiration, quelle nostalgie secrètes Georges — Chinois de Shanghaï — avait-il été poussé, au cours de ses courses d'exilé, de solitaire, jusqu'à cet enfer de boue ?

Car le village que nous abordions maintenant n'était que boue. Ruelles, venelles, passages, cours, murs et murettes s'enchevêtraient en un dédale mi-solide et mi-liquide, labyrinthe d'argile détrempé. Tout était gluant et suintant. Le sol et les maisons collaient aux semelles, aux vêtements. La fange humaine se mêlait à celle de la terre.

On eût dit que pour ses habitants le sommeil était un besoin inconnu.

Bien qu'il fût deux heures du matin, ces corridors, ces couloirs qui servaient de rues, si tortueux, si minces que deux hommes souvent n'y pouvaient passer de front, grouillaient d'une foule dont les loques et les visages avaient la couleur même du sol humide. Les boutiques —

réduits lamentables et ruisselants — étaient ouvertes. Dans les maisons sans portes et composées d'une seule pièce, où quelques grabats accotés aux murs suintants dominaient à peine le sol inégal et putride et sur lesquels, dans un incroyable entassement, gisaient pêle-mêle, les yeux ouverts, des familles entières — depuis l'aïeul jusqu'au nouveau-né — les femmes préparaient les légumes, faisaient du feu, lavaient des guenilles.

Était-ce l'humidité, le manque d'air, l'affreuse odeur corrompue, ou pour toute autre raison plus profonde — je sentis que mon visage se couvrait de sueur. Il m'était impossible de l'essuyer. Une glaise sombre m'engluait les mains.

Je dis machinalement :

— Et c'est encore la belle saison… Que se passe-t-il ici, quand se déchaînent les pluies de la mousson ?

— Tout le village disparaît, se dissout, répondit Georges.

— Et les gens ?

— Le jour, ils s'arrangent comme ils peuvent… la nuit, on leur permet de gîter dans les bâtiments publics.

La figure étroite de mon ami chinois qui avait le teint lisse de l'adolescence et ses yeux étroits d'enfant hardi n'avaient plus d'âge en cet instant. Ils exprimaient une souffrance à la fois amère et triomphante. J'en devinai sans peine la signification. Ils étaient assurément bien rares les hommes blancs, qui passaient ou résidaient dans la Colonie de la Couronne, à connaître le village de boue, quartier de Kowloon.

J'en eus vite la preuve. Déjà, par ses vêtements européens décents, Georges, bien que chinois, avait attiré sur lui une attention avide, comme s'il eût été un monstre d'opulence. Mais dès que les habitants se furent aperçus que son compagnon était un étranger, ils accoururent de tous les coins, de tous les réduits, de toutes les niches et leur cortège couleur d'argile s'agglutinait si bien autour de moi qu'il bouchait les étroits passages et que Georges devait me frayer un chemin à travers lui.

Ce n'était pas l'espoir de profiter en quoi que ce fût de ma présence qui ameutait le famélique et insomniaque troupeau. C'était simple curiosité.

Et chez les femmes qui, elles, ne quittaient jamais leur petit univers de misère et de boue, la curiosité prenait, par surcroît, le visage de la peur. Et lorsque, dans la presse, j'étais obligé de les toucher de l'épaule, elle se rejetaient en arrière et celles qui portaient des enfants les enveloppaient de leur bras et les serraient contre leur sein flasque avec une violence inspirée par la terreur ancestrale du diable blanc...

Tandis que nous avancions de ruelle en ruelle, de sente en sente, précédés, suivis, entourés d'un fourmillement humain, je dis à Georges :

— Nous ne pouvons tout de même pas faire repérer une fumerie d'opium par toute cette foule.

Georges rit très fort comme un enfant et s'écria :

— Mais il n'y a pas un seul homme ici qui ne sache où elles sont.

Il s'adressa en chinois à ceux qui l'entouraient. Aussitôt dix voix s'élevèrent, pleines d'animation et d'amitié.

— Ils proposent tous de nous conduire, dit Georges.

Mais nous n'eûmes pas à nous servir de ces guides. Un homme, soudain, fendit la foule avec fureur et se rua vers nous. C'était le misérable à qui Georges avait promis sa ration de drogue. La fumerie était là tout près. Il s'était entendu avec le tenancier qui, pour le satisfaire, n'attendait plus que notre venue, notre argent.

Tout en expliquant cela à Georges, l'homme tremblait de tous ses membres, le tirait, le traînait vers une sorte de couloir couvert dont le dôme et les parois laissaient filtrer des gouttes d'eau et de terre mêlées. Puis il fallut traverser une maison coupée en deux par un passage public, puis une cour pleine d'excréments sur laquelle ouvraient plusieurs taudis fangeux.

J'avais perdu tout sens de la direction et presque de l'équilibre, lorsque nous fûmes enfin devant une porte étroite et soigneusement close.

Malgré la file d'hommes qui nous avait suivie et à laquelle était venue s'ajouter toute la population des niches voisines, l'intoxiqué frappa violemment contre les planches et cria de tous ses poumons. La porte s'ouvrit. Notre compagnon nous poussa, nous jeta à l'intérieur.

La pièce unique ressemblait en tout point à toutes les autres que j'avais entrevues dans cette ronde hallucinée à travers l'informe village. Plancher de terre battue et détrempée, murs et plafonds de boue humide, innommables grabats. Seulement ici, une étoffe cachait une partie de l'habitation et, derrière l'étoffe, on apercevait des femmes, des vieillards, des enfants.

Du côté où nous étions, il y avait deux corps allongés sur le grabat. Entre leurs visages se trouvait un plateau de fumerie.

Le tenancier à cheveux blancs posa une question à Georges. Celui-ci hocha plusieurs fois la tête et sortit quelques dollars Hong-Kong de sa poche. L'homme qui nous avait amenés s'effondra sur les planches tendues de crasse pour tout matelas.

Il était agité de tremblements si convulsifs que, ayant enfin le plateau devant lui, il fut incapable de tenir la première boulette de drogue audessus de la lampe et que le patron dut la faire cuire à sa place. Alors l'univers de la béatitude se referma sur l'intoxiqué.

Le tenancier, par gestes, nous proposa le plateau qui restait libre sur le grabat immonde. Je fis non de la tête. Il s'adressa à Georges qui traduisit :

— L'opium est très bon, très pur. Il vient des hautes vallées birmanes, du pays chan — par la Thaïlande...

Je persistai dans mon refus, puis demandai à Georges si, lui, ne voulait pas fumer.

— Je n'ai jamais touché à une pipe, dit-il.

Sa voix n'exprimait aucune répulsion... Elle portait une sorte de regret furtif.

— À cause du serment que j'ai fait à mon père quand j'étais enfant, ajouta Georges. C'était un homme de vertu et de volonté fortes.

Sur le fourneau des longues pipes, les boulettes grésillaient. Georges ferma les yeux. Il parla lentement, doucement.

— Je sais pourtant que, utilisé comme il convient, l'opium peut être bon et sage... Quand ma femme, à Shanghaï (il prolongea le mot avec amour) a été enceinte de mon fils, elle a souffert beaucoup. Alors, de temps à autre, elle fumait. Et je regardais sa figure éclairée par la petite lampe : elle était encore plus belle qu'à l'ordinaire.

L'intonation de Georges était si chargée, si nourrie de pouvoir créateur, l'intensité des images qui ressuscitaient sous ses paupières closes était si forte que, pour un instant, je vis dans sa chambre vaste, ombreuse et bien aménagée, une jeune femme au tendre visage, calmé, embelli, enrichi par l'usage prudent et savant de l'opium.

Et puis brusquement, comme si je venais seulement d'y pénétrer, j'aperçus la sentine où Georges et moi nous nous tenions debout par crainte de toucher quoi que ce fût, et, sur leur grabat pourri les trois faces des fumeurs, extatiques sans doute, mais usées jusqu'au squelette et dont le sourire était celui de la mort.

— Prennent-ils des doses trop fortes ? demandai-je à mon ami.

Georges secoua la tête et dit :

— Et avec quel argent le feraient-ils ?

— Alors ?

— Les gens pauvres, dit Georges, doivent choisir : l'opium ou le riz. Ceux-là choisissent l'opium et meurent de faim.

— Qu'est-ce qu'ils ont pour métier ?

Georges posa la question au vieil homme qui donnait à fumer et me répondit :

— L'un est *rickshaw*, l'autre coolie-porteur... Ils habitent le village.

Je songeai à leur gîte de terre, à leur travail de bête... et cela sans espoir jusqu'à la fin de leurs jours... Ils préféraient en avancer l'heure en connaissant, malgré le destin qui était écrit pour eux, quelque félicité.

La pensée de Georges semblait suivre le même cours.

— Il y a bien leurs familles, murmura-t-il. Mais, sans doute, on arrive à un point où plus rien ne compte…

Le silence régna un instant. Les pipes grésillaient. Sur un signe de Georges, le tenancier apporta, pour l'homme que nous avions recueilli, un autre pot minuscule empli de liquide sombre. Georges paya le prix de cette nouvelle ration.

— Il doit faire de l'argent, dis-je en montrant le vieil homme.

— Oui, mais il fume tout ce qu'il gagne, dit Georges. C'est-à-dire beaucoup plus que les autres.

Je vis alors que le tenancier était lui aussi marqué par les stigmates de l'intoxication. S'il résistait mieux à la drogue que les misérables dont il partageait le besoin, c'est qu'il mangeait à sa faim, voilà tout.

— Étrange patron, dis-je.

— Il n'est sans doute pas le vrai maître, répliqua Georges.

Il interrogea le vieil homme. Celui-ci lui répondit, eut un rire félé, débonnaire.

— Il dit qu'il est simplement, et en quelque sorte, chef de rayon, m'expliqua Georges… Le grand patron de l'affaire, qui comprend beaucoup de fumeries comme celle-là, est un riche commerçant.

— Et la police ? Le trafic de drogue est tout de même un crime.

En souriant, Georges interrogea de nouveau le vieux tenancier. Mon ami écouta ses propos et me dit :

— Il s'arrange… cela coûte cher… mais il est tranquille… Toutefois, de temps à autre, les policiers, pour leur *face*, font une descente. Ils emportent un peu de drogue, emmènent les fumeurs en prison. Le tenancier aussi. En outre il est puni du bâton… Un autre prend sa place dans une maison voisine. Tout, dit-il, est dans la paume de la chance.

Les clients, saturés ou à court d'argent, avaient cessé de fumer. Le vieil homme, alors, s'allongea près d'un plateau.

Grésillement de la pipe… Odeur de l'opium… Visages faméliques baignés par la félicité des misérables entre des murs de boue… Murmures de femmes et d'enfants, derrière le rideau troué…

Je sentis soudain qu'il fallait ou partager cet enchantement, ce culte qui tenait de la veillée des morts, ou, sous peine d'indiscrétion grossière, quitter tout de suite le lieu où il se déroulait.

Georges choisit le dernier parti.

Par quel sens, quel instinct parvint-il à trouver sa route à travers l'inextricable lacis de corridors, de cours, de venelles, de passages voûtés, à travers cette incroyable trame gluante de fange et de boue — je n'en sais rien. Mais, sans demander son chemin à personne dans le village toujours éveillé, Georges arriva jusqu'au débouché du sentier qui dévalait du haut de la colline vers la masse confuse de Kowloon.

Lorsque nous eûmes gagné la ville, je pensai que Georges allait chercher un taxi ou des *rickshaws* pour nous ramener au quartier lointain et rassurant de l'embarcadère. Le service des *ferries* était sans doute arrêté aux heures très avancées de la nuit, mais on pouvait toujours louer une petite embarcation à moteur, ou, au besoin, un sampan, et atteindre l'île de Hong-Kong.

Or, Georges, loin de songer à un moyen de transport, m'entraîna dans une direction tout opposée à celle du retour.

*

Je me souviens que, au moment où, après toute une nuit passée en marches qui brisaient jambes et reins et en découvertes qui éprouvaient les nerfs, mon ami chinois — loin de me ramener à mon hôtel — s'engagea dans la direction opposée, je me souviens fort bien que je fus pris contre lui d'un sentiment d'irritation, de révolte et qui augmentait à mesure que nous allions plus avant.

La fatigue et l'insomnie étaient pesantes. Et puis, et surtout, je ne voulais pas délayer, affadir la vision que j'emportais du village d'argile hideux que la mousson balayait chaque année par d'autres images fatalement plus ternes. Car, enfin, qu'est-ce que Georges pouvait connaître encore qui les dépassait en intensité ?

Tout sembla d'abord justifier cet accès de mauvaise humeur. Les rues interminables, innombrables, que nous longions, que nous traversions, étaient pauvres et sinistres sans doute, et aussi sordides, mais n'avaient que le caractère terne et monotone dont je commençais à être saturé au point de ne plus réagir. Mes jambes me portaient avec peine. Et j'allais refuser de continuer cette marche qui me paraissait absurde lorsque, autour de nous, un singulier changement, une subtile altération de climat vinrent suspendre les effets de ma lassitude.

Pourtant il n'y avait eu aucune coupure brusque, ou même sensible entre la zone que nous laissions derrière nous et celle où nous venions de pénétrer. Quelques marches, peut-être, sur lesquelles en descendant j'avais trébuché... Et les maisons étaient aussi tristes et résignées, les ruelles aussi étroites. Quoi, alors ?

La différence, je m'en aperçus soudain, tenait aux gens. Hâves, loqueteux, hirsutes et sales, ils l'étaient assurément comme les autres, mais avec une démarche plus silencieuse, plus souple, comme clandestine et à la fois plus libre. Dans certains yeux perçait un regard qui allait jusqu'à la provocation, au défi.

Georges lui-même avait changé d'attitude.

Son pas était devenu plus attentif, ses yeux plus vigilants. Ses épaules se ramassaient. Je devinai le guet de tous ses sens affinés, de tous ses muscles dont je connaissais les dangereux réflexes.

Fait encore plus étrange, on voyait, par les portes largement ouvertes, s'aligner insolemment, impudiquement, les tripots, les cases des prostituées, quelques fumeries d'opium. Les pots-de-vin ne pouvaient pas expliquer, justifier une telle ostentation…

Des ombres se réunissaient, chuchotaient. Des objets passaient de main en main.

Puis on entendit les cris et les bruits d'une rixe sauvage.

Personne n'y fit attention. Et depuis longtemps il n'y avait plus un policier de ronde ou en faction.

Baissant la voix malgré moi, je demandai à Georges :

— Dans quel quartier sommes-nous ?

— Ce n'est pas un quartier, dit-il, mais une petite ville à part. Elle ne s'appelle plus Kowloon, mais Kowloon City.

— C'est pour le moins singulier, dis-je. Il n'y a aucune délimitation…

— Et plus loin, sans qu'il y ait davantage de frontières, recommence la ville de Kowloon.

— Mais alors ? Quelle différence ?

— La différence, dit Georges, est que Kowloon City n'appartient pas aux Anglais.

Je le regardai avec stupeur et m'écriai :

— À qui donc ?

— À personne, dit Georges.

— C'est impossible.

— C'est ainsi, vous dis-je !

— Mais comment ?

Georges haussa les épaules.

— Je n'en sais trop rien. L'histoire est compliquée. Mais je sais que jamais les Anglais n'entrent dans Kowloon City. Et c'est pourquoi tous les voleurs, tous les tueurs, tous les gens dangereux s'y rassemblent en toute sécurité.

Il pressa un peu le pas. Un groupe à demi nu venait de déboucher d'une ruelle.

— De jour, je ne vous amènerais pas ici. Ce serait prendre un trop grand risque. Mais je voulais que vous puissiez avoir une idée, tout de même, de Kowloon City.

*

À vrai dire, et malgré toute la confiance que m'inspiraient l'expérience de Georges et l'exactitude habituelle de ses informations, je ne pus me résoudre à croire qu'un morceau de Kowloon demeurait indépendant, alors que la domination anglaise s'étendait à des dizaines et des dizaines de kilomètres plus loin, jusqu'à la frontière de la Chine. C'était extravagant. C'était impossible.

J'interrogeai à ce sujet quelques camarades.

Français, américains ou anglais. Ils ignoraient jusqu'au nom de Kowloon City et, quand je leur rapportai les propos de Georges, les prirent tous en dérision.

Or, quelques jours plus tard, je fis la connaissance d'un haut fonctionnaire de la police. La moitié de l'île de Hong-Kong était sous son contrôle. Mais auparavant il avait servi de l'autre côté du détroit, dans le faubourg immense.

— Qu'est-ce que c'est que cette histoire de Kowloon City, qui n'appartiendrait pas aux Anglais ? demandai-je. Une plaisanterie, n'est-ce pas ?

L'inspecteur-chef secoua avec gravité sa tête qu'il portait très raide sur un grand corps robuste et me répondit, en tirant sur sa moustache :

— Pas une plaisanterie du tout. L'affaire date d'assez loin, de 1898 exactement. Cette année-là, le gouvernement anglais, pour agrandir le domaine qu'il avait obtenu à perpétuité par le traité de Nankin, un demi-siècle plus tôt, loua pour quatre-vingt-dix-neuf ans au gouvernement impérial de Pékin une bande de terre, pour ainsi dire déserte, qui allait jusqu'à la rivière Lowu et qu'on appelle jusqu'à présent : les Nouveaux Territoires. Il y avait toutefois, dans cette région cédée à bail, il y avait un village. Et les Chinois ne voulurent pas nous abandonner les sujets du Céleste Empire qui l'habitaient.

— Alors ? demandai-je.

— Eh bien, reprit mon interlocuteur, un arrangement fut pris. Le village serait une enclave gouvernée par un fonctionnaire que nommerait Pékin. À l'époque, cela n'offrait aucune difficulté. Rien n'existait aux alentours. Et le régime continua sans heurt jusqu'à la révolution communiste. Mais à ce moment tout changea. D'une part, lors de l'afflux des réfugiés par centaines et centaines de milliers, Kowloon se développa d'une manière si rapide et si monstrueuse qu'il atteignit, dépassa, enveloppa l'ancien village perdu. D'autre part, nous ne pouvions y admettre une administration communiste. Et pourtant, par les traités, nous n'avons aucun droit de regard sur l'agglomération qui porte aujourd'hui le nom de Kowloon City, pour le distinguer du grand Kowloon qui, lui, nous appartient complètement.

— Alors ? demandai-je encore une fois, tout en faisant, intérieurement, amende honorable à Georges.

L'inspecteur-chef se remit à tirer sur sa moustache.

— Eh bien, dit-il, en fait, c'est administrativement un *no man's land.* Les gens, là-bas, s'arrangent comme ils peuvent. Et il est vrai que voyous et mauvais garçons y jouissent d'une sorte de droit d'asile, car nous n'avons pas le droit d'y envoyer un seul policier.

Je m'écriai :

— Mais c'est une situation inouïe... absolument unique.

— Je vous l'accorde, dit l'inspecteur-chef. Elle l'est au point que, au moment où je m'occupais de cette zone, si un homme vraiment dangereux, un meurtrier professionnel se réfugiait à Kowloon City, il me fallait payer d'autres criminels qui le prenaient en chasse et le forçaient jusqu'aux limites de Kowloon où mes hommes l'attendaient.

L'inspecteur-chef me considérait amicalement de ses yeux bleus d'Écossais, très clairs, très purs. Je me permis de lui demander :

— On dit que les policiers chinois se laissent corrompre par les maisons de jeux, de filles, d'opium. Est-ce vrai ?

Les yeux bleus ne cillèrent point.

— Je le crois, dit l'inspecteur-chef. Mais que peut-on y faire ? Ils sont si mal payés...

Une autre question me tourmentait encore : le châtiment corporel ajouté aux peines de prison. Je demandai à l'inspecteur-chef l'opinion qu'il avait à ce propos. Ses yeux bleus furent plus clairs, plus honnêtes encore, lorsqu'il me répondit :

— Je ne vois pas en quoi les coups de bâton peuvent troubler une conscience. Protestez-vous quand un père fouette son fils ? Ici, nous sommes les grandes personnes et les Chinois — des enfants.

Cet entretien avait lieu dans le bureau de l'inspecteur-chef. Il tendit brusquement le bras vers un rayon de la bibliothèque chargé de gros volumes.

— Ce sont, dit-il, les ordonnances spéciales qui établissent les règlements de la justice à Hong-Kong. Comme policier, j'ai naturellement à les connaître par cœur. Mais, en qualité de citoyen, je n'en ai pas besoin. Même si elles prescrivaient la peine capitale pour le vol d'un morceau de pain, en quoi cela me concernerait-il ? Je suis sûr de ne jamais enfreindre la loi. Et quand j'emploie toutes mes forces à la faire respecter, quelle qu'elle soit, ce n'est pas seulement un devoir que j'accomplis. Je satisfais au cri de ma conscience.

L'inspecteur-chef s'était levé. Son regard bleu rayonnait de conviction.

Son père avait été constable de province en Angleterre. Lui-même, il s'était d'abord engagé dans les Gardes — et le plus beau jour de son existence, m'avait-il dit, fut celui où il fut nommé caporal. Puis il était passé dans les cadres supérieurs de la police.

La vie pour lui était nette et simple comme une prise d'armes. Je l'enviai très sincèrement de détenir la règle de la vertu et la vérité.

Surtout à Hong-Kong.

Pourtant, Georges ne m'avait pas encore introduit dans le dernier cercle de l'enfer.

VII

Les invalides aux doigts de fée

Pendant la guerre, comme j'arrivais à Londres, on me raconta, pour illustrer un certain sens de l'équité anglaise, l'affaire de l'île de Man.

Dans cette petite île, située au large des côtes de la Grande-Bretagne, le gouvernement britannique avait fait établir, depuis le début des hostilités, un camp de concentration pour les ressortissants des nations ennemies. Parmi eux, les uns étaient des nazis, les autres des victimes du nazisme.

Il fallut du temps pour vérifier, trier, filtrer... Durant une crise de vie ou de mort, on préfère garder cent innocents que risquer de mettre en liberté un seul suspect.

Un jour, dans le camp, il y eut une rixe violente entre antinazis et hitlériens... Quand les gardes l'eurent arrêtée, le vieil officier britannique dont dépendait le camp fit son enquête.

Il apprit alors que le jour de la bagarre était jour de fête nationale hitlérienne. À cette occasion, les internés nazis avaient entonné le *Horst Wessel Lied.* Les victimes de Hitler, incapables de supporter l'hymne abhorré, avaient voulu réduire les chanteurs au silence.

C'était l'époque où les bombardiers à croix gammée ravageaient, massacraient Londres et Coventry, et où, contre une Angleterre pratiquement sans défense, les troupes allemandes s'entraînaient au débarquement, en chantant ce même *Horst Wessel Lied.* Les antinazis de l'île de Man étaient sûrs que le commandant du camp leur donnerait raison contre l'ennemi commun.

Mais le vieil officier britannique jugea que, dans les règlements qu'il avait pour fonction d'appliquer, rien n'interdisait aux internés de chanter leur hymne national ou toute autre chanson à leur convenance. C'étaient les adversaires de Hitler qui avaient tort. Ils avaient touché au saint des saints : *law and order* — la loi et l'ordre. Ils furent punis.

Cet incident, que j'avais oublié depuis longtemps, je m'en souvins automatiquement à Hong-Kong, lorsque je vis l'attitude adoptée par l'autorité britannique à l'égard des deux partis qui affrontaient l'une contre l'autre la masse de la population chinoise : communiste et nationaliste.

Ils étaient sensiblement égaux en nombre. C'est dire qu'ils comptaient chacun près d'un million de membres.

Or, le gouverneur de la colonie avait voulu laisser aux deux partis pleine liberté d'organisation, d'administration interne et même, à certaines dates, de manifestation. Si bien que l'on voyait, pour les fêtes nationalistes, des foules énormes suivre les portraits de Tchang Kaï-Chek et, les jours de fête communiste, d'autres foules, tout aussi géantes, marcher derrière ceux de Mao Tsé-Toung.

Les troupes anglaises et les policiers chinois, mais d'uniforme et de nationalité britanniques (ils étaient nés à Hong-Kong) veillaient à l'observation stricte de la loi et de l'ordre. Et, en vérité, nationalistes et communistes s'en accommodaient fort bien.

Pourtant, chez les partisans de Tchang Kaï-Chek, une poignée d'irréductibles ou de fanatiques ne put supporter la présence, dans la même ville, de leurs ennemis jurés. Ils provoquèrent des incidents. *Law and order* étaient en jeu. Les autorités fixèrent à ces hommes et à leur famille une résidence forcée, dans un lieu perdu de l'île qui avait pour nom Rennie Mills.

Georges me le fit connaître, par un après-midi où le soleil éclatait sur les terres et les flots.

*

L'itinéraire, à lui seul, fut une étonnante découverte.

Il commença par une longue course en taxi qui nous emmena hors de la cité de Hong-Kong pour nous conduire à un village très primitif, situé sur une des criques innombrables qui découpaient la grande île. Il nous fallut traverser à pied des rues encombrées d'une foule grouillante et bariolée, puis le marché aux poissons, pour arriver jusqu'à la rive. Là, un autre village apparut soudain, comme collé au premier, mais un village flottant.

Aussi loin que portait le regard, ce n'était qu'un ondoiement compact et dense, une incroyable mêlée d'embarcations serrées bord à bord. Il y en avait des centaines et des centaines et de toutes les formes et de toutes les tailles. Jonques de fret, lourdes et ventrues, jonques de pêche dont les filets séchaient près des voiles ramassées, fières et fines jonques de course, gros sampans à plusieurs paires de rames et tout petits que l'on maniait à la godille…

Ces bateaux se touchaient de si près qu'ils semblaient ne faire qu'un immense et fantastique navire aux mille mâts, aux mille proues, ou bien une étrange cité à l'ancre, balancée par le ressac.

Les habitants de cette ville passaient d'un pont à l'autre, comme ils l'eussent fait de maison en maison. Car les barques, dont je ne voyais pas la fin, servaient pour leurs bateliers — et de la plus vaste jonque jusqu'au sampan le plus humble — non seulement d'instrument de travail ou de voyage, mais aussi de seul lieu d'habitation, de la naissance jusqu'à la mort. Pour les repas, le sommeil, le labeur et l'amour. Et cela depuis des générations et des générations, comme pour une race amphibie.

— Ils sont deux cent mille à vivre ainsi, rien que sur les côtes de l'île, me dit Georges.

Deux cent mille ! Tout un peuple... Et un peuple merveilleux.

Les femmes, les hommes, les enfants étaient habillés de la même manière. Ils portaient tous de larges blouses et des pantalons évasés, d'un bleu sombre. Ces amples et flottants vêtements, modelés beaucoup plus par la brise marine que par le corps qu'ils enveloppaient, laissaient aux mouvements toute leur aisance et toute leur souplesse. Il en fallait beaucoup pour manœuvrer dans cette foule incroyable d'embarcations et pour vivre en famille sur un espace si étroit et toujours mobile. Dix personnes habitaient parfois le même sampan avec, pour tout abri, une natte supportée par des piquets de bambou.

Mais le souffle des éléments, le bienfait physique et moral du vent et de la mer, donnaient à ces visages une expression saine et libre. L'existence commune, le métier pratiqué ensemble, les mêmes privations et les mêmes dangers établissaient entre ces marins, qui étaient aussi des voisins, une solidarité ancestrale, gaie, naïve et profonde, belle comme une vieille chanson de terroir et de mer.

J'écoutais les cris des bateliers, des sampaniers qui sans cesse déhalaient ou accostaient, je regardais les magnifiques châteaux arrière des grandes jonques semblables à ceux des anciens vaisseaux de haut bord, superbement dressés au-dessus de ce fourmillement nautique, et je pensai à une aventure dont j'avais la veille entendu le récit.

Il m'avait été fait par un commissaire anglais, grand chef de la répression contre les stupéfiants à Hong-Kong qui se tenait en rapport étroit avec tous les organismes nationaux ou internationaux chargés de la même mission.

Ce haut fonctionnaire, naturellement, n'avait pas à prendre part aux patrouilles de surveillance et de contrôle, que des canots armés effectuaient dans la baie. Pourtant, une nuit où, d'après des indications très sérieuses, il pensait qu'une grosse jonque d'opium viendrait de la côte chinoise pour débarquer sa cargaison dans quelque crique de Hong-Kong, le commissaire décida de diriger lui-même les opérations. Elles furent longues et difficiles dans ce dédale d'îlots et parmi la flotte obscure des embarcations. Enfin le projecteur de la vedette découvrit la jonque suspecte. Les sommations furent hurlées au porte-voix. La jonque alors fonça, proue haute et aiguë, droit sur le patrouilleur. Les mitrailleuses lourdes de la vedette ouvrirent le feu. La jonque continuait d'avancer. Les salves crépitaient sans arrêt. Soudain la jonque s'illumina comme une torche flottante et alla par le fond, avec son chargement de drogue et tout son équipage.

Je me rappelai cette histoire et me demandai combien, de ces bâtiments que je contemplais, si paisibles en apparence, combien parmi ces jonques de pêche ou de cabotage devenaient, la nuit venue, dans le mystère des criques, de l'archipel et de l'ombre, navires de contrebande et forceurs de blocus — ou pour prendre l'opium de la Chine si proche ou pour y porter les matières stratégiques, interdites par les nations d'Occident.

Georges me toucha l'épaule.

— Il est temps de traverser la crique, dit-il, ou nous allons manquer le bateau qui, de l'autre côté, part pour Rennie Mills.

Il m'avait expliqué auparavant que ce camp, situé derrière une rude chaîne de monts, n'était commodément relié au reste de l'île que par mer.

Une file de sampans se balançait contre la petite jetée et faisait la navette entre les deux croissants du petit golfe. Nous embarquâmes dans le premier venu.

Il était mené par une vieille petite femme, carrée d'épaules et de visage, et pleine de bonne humeur. Les vagues vives, courtes, faisaient danser la barque légère. Elle ne paraissait point le remarquer. Ses pieds nus et sales collaient au pont et tous les muscles de son cou, de son dos, de ses bras, ne faisaient qu'un avec la godille, dans un mouvement facile et régulier.

Nous passions le long des jonques sortant du port ou y rentrant, au ras des cargos et des vedettes, bord à bord avec les sampans qui louvoyaient comme le nôtre.

Cependant la vieille petite femme parlait sans arrêt. Oui, elle avait vécu sous cette natte avec son mari et ses deux fils. Le lit ? Eh bien, il était là, voyons… cette paillasse plate comme une galette sur laquelle nous étions assis… Pour la cuisine ? Eh bien, voyons, c'était le réchaud… En vérité, elle n'avait que trop de place depuis que son mari était mort et que ses enfants avaient à leur tour fondé une famille… Comment elle gagnait sa vie ? Eh bien, voyons, c'était simple. Un dollar par-ci, un dollar par-là… transport de voyageurs, de colis… Les concurrents étaient nombreux, certes, mais aussi les échanges…

Riant de nos mouvements mal ajustés, la vieille sampanière nous débarqua de l'autre côté de l'anse, où nous devions prendre le bateau qui ravitaillait Rennie Mills. Mais le bateau n'était pas là.

Georges alla se renseigner dans une auberge, dans une épicerie, dans une boutique d'herboriste qui bordaient le quai sale et triste. Personne ne savait rien.

À ce moment, un nouveau sampan accosta et un Chinois en descendit, qui, d'âge mûr, de figure large et volontaire, portait le col rond et la redingote des prêtres catholiques. Georges aussitôt l'aborda.

Ensuite, il me dit :

— Le ravitailleur a une avarie de machine et ne partira plus aujourd'hui. Il faut changer de route. Nous n'avons qu'à suivre le père. Il habite à Rennie Mills. D'ailleurs, il vous expliquera tout lui-même. Il connaît votre langue.

En effet, élevé par des Pères Blancs, le prêtre chinois parlait très bien le français. Son accent même, un peu guttural, était à peine perceptible. Il me dit que nous devions gagner à pied un autre petit port, d'où un service régulier de canots à moteur menait à une autre crique sur un autre côté de l'anse. Là débouchait le seul sentier qui conduisait à Rennie Mills.

— Il y faut une bonne heure, car la piste grimpe dur. Mais la route vaut la peine... vous verrez..., me dit l'abbé chinois.

*

Le canot auquel nous avait conduit le prêtre catholique chinois était un très vieux rafiot, informe et poussif. Les pulsations de son moteur l'agitaient de telles secousses qu'il semblait, à tout instant, devoir voler en morceaux et projeter dans l'eau les passagers guenilleux, les volailles, les sacs de riz et les cageots de légumes qu'il transportait pêle-mêle.

Dans cette cohue sans nom, un visage se distinguait pourtant, et tout de suite, par son caractère d'outre-tombe. Une calotte de soie le coiffait, enfoncée presque jusqu'aux sourcils blancs et touffus. Les joues étaient longues, creuses, cireuses, d'un sévère et noble dessin. Une moustache d'un gris jaune, très plate, clairsemée et s'arrêtant aux commissures, semblait collée à la lèvre supérieure. Enfin une très longue barbe blanche partait de l'assise du menton et allait, s'effilant sans cesse, pour retomber en pointe aiguë sur la poitrine. Cette extraordinaire figure, serrée, close, n'exprimait rien qu'une sorte de refus hautain.

Près de ce vieillard, qui portait une longue tunique de soie brochée dont, malgré l'usure, on voyait qu'elle avait été magnifique, se tenait un homme encore plus âgé, au visage gris, éteint et humble, vêtu de toile sombre, très pauvre, mais très propre. Il faisait tout ce qui était en son pouvoir pour protéger le personnage à calotte et tunique de soie contre le contact des bleus de travail, des salopettes, des vestes déchirées et enduites de cambouis qui recouvraient la plupart des autres passagers et contre les paniers de volaille et de poisson séché que les heurts du canot lançaient en tout sens.

— Qui sont ces deux hommes ? demandai-je à l'abbé chinois.

— Le maître et le domestique, dit-il. Mais, depuis longtemps, le domestique travaille sans gages, par fidélité. Quant au maître, qui maintenant vit à Rennie Mills, il a été, sous Tchang Kaï-Chek, un très haut, très célèbre et très redouté magistrat.

Je demandai alors au prêtre si je pouvais m'entretenir, par son intermédiaire, avec l'ancien grand juge.

— Inutile, me dit l'abbé chinois. Il hait les étrangers et les Chinois convertis — tel que votre serviteur — autant qu'il hait les communistes. D'ailleurs, il ne parle à personne dans Rennie Mills, sauf à un ancien général — le seul réfugié qu'il estime de son rang, et à sa femme et à son valet — pour leur donner des ordres.

Le vieux magistrat devina sans doute que nous parlions de lui et tourna de notre côté son austère et immobile visage. Son regard, pour un instant, croisa le mien. Il exprimait une indifférence et une dignité glacées, inhumaines.

Le canot nous déposa aux bords d'une anse désolée, près d'un hameau formé de quelques cahutes éparses et misérables.

De là, des pistes partaient en tous sens vers des

collines nues et abruptes qui cernaient le lieu, pistes menant à quelles huttes perdues, à quelles cabanes solitaires ?

Hommes et femmes, chargés de ballots et de paniers, s'égrenèrent par groupes sur ces chemins. Mais il n'y eut personne, sauf l'ancien juge et son domestique, pour choisir le sentier le plus étroit et qui s'attaquait aux monts les plus rudes.

Nous fûmes, l'abbé chinois, Georges et moi, les seuls à le suivre.

— Les amateurs pour Rennie Mills sont rares, dit le prêtre en souriant de toute sa large face jaune. Le chemin est difficile.

Le sentier, en effet, tracé grossièrement, avait une pente qui éprouvait le souffle. Souvent, il montait presque à pic. Parfois, des pierres branlantes formaient les degrés d'un escalier primitif. J'admirai la verdeur des deux vieillards qui marchaient devant nous. Ils gravissaient la piste abrupte d'un pas égal et sûr, sans prendre un instant de repos. La distance entre eux et nous demeurait égale.

— Les gens de Rennie Mills sont entraînés à la marche, dit l'abbé chinois, qui, lui-même, escaladait gaiement la montagne. Ce chemin est le seul qui nous relie au monde habité.

Autour de nous, maintenant, c'était le désert et plus nous avancions plus il devenait aride et sinistre. Pas une habitation sur ces croupes et ces pitons de pierre grise, pas un arbre, pas une plante.

De temps à autre, entre des touffes d'herbe courte et pâle, s'élevaient des tombeaux étranges. Ils étaient toujours disposés à flanc de falaise, avec le cercueil scellé dans la paroi du roc et, sur la pierre, des ornements en faïence polychrome prenaient la forme des feuilles de trèfle.

Ces solitaires sépultures, élevées sur des rocs sauvages, où, à des lieues à la ronde, il n'existait aucune demeure humaine, renforçaient encore la sensation d'éloignement, de dépaysement. Il semblait impossible que la même île portât cette effrayante désolation et la tumultueuse, l'éclatante cité de Hong-Kong.

L'abbé chinois s'arrêta une seconde pour promener son regard sur les collines, les montagnes et la mer désertes. Puis, se remettant en route, il dit pensivement :

— Bientôt je ne verrai plus tout cela. Je suis appelé à Rome, au siège des missions étrangères.

Il me sourit et ajouta :

— Je passerai par Paris.

Combien ce nom, à l'ordinaire si puissant en images, me parut vide, irréel, quand il résonna dans cette solitude et parmi ces tombeaux...

J'essayai d'interroger l'abbé chinois sur sa vie sous le régime communiste, mais il se déroba à mes questions. Sans doute, ne devait-il pas ou ne voulait-il point parler de son expérience avant de la communiquer à Rome. Du reste, je me tus très vite car tout mon souffle n'était pas de trop pour l'effort qu'exigeait une ascension toujours plus rude.

Enfin, nous arrivâmes au col où s'amorçait la descente sur l'autre versant. Les deux vieillards l'avaient déjà entreprise. Soudain, comme le sentier faisait un coude, ils s'arrêtèrent. L'ancien juge, dont j'apercevais le profil allongé par le fuseau de barbe blanche, fixa son regard sur un point qui m'était invisible et s'inclina légèrement. Son serviteur, à un pas derrière lui, fit de même.

Ils reprirent leur chemin au moment où nous allions les rejoindre.

Je découvris alors ce qui avait motivé la halte de l'ancien juge et son geste respectueux. Face à la courbure de la piste, une colline portait d'énormes caractères chinois gravés à sa surface et dont les creux avaient été emplis de chaux vive qui les faisait étinceler au soleil.

— Cette inscription, me dit Georges, signifie : Vive Tchang Kaï-Chek.

Tel était le signe que les plus irréductibles partisans de l'ancien maître de la Chine immense avaient placé sur le seuil de leur asile à Hong-Kong.

L'abbé chinois hocha lentement la tête.

— C'est une cause perdue, dit-il à mi-voix. Parce que c'était une mauvaise cause.

Il détourna la tête de l'inscription et ses yeux se portèrent sur le vieillard à tunique et calotte de soie, derrière lequel trottinait l'autre vieillard, le serviteur.

— Je m'élève naturellement contre un régime qui nie l'existence de Dieu, reprit le prêtre. Mais je dois dire que les communistes sont beaucoup plus près des pauvres gens de mon pays que ne l'ont jamais été les hommes de Tchang Kaï-Chek.

Il ne prononça plus une parole jusqu'à Rennie Mills.

*

Le village, bâti sur une forte pente, portait tous les signes de l'improvisation, de la hâte, et de la pauvreté. Les ruelles montaient, descendaient, s'enchevêtraient dans un triste désordre. Les maisons éparses avaient poussé au hasard et sans alignement. Elles étaient faites de planches mal rabotées, mal jointes, couvertes tantôt de tôle ondulée et tantôt de feuillage. De mornes jardinets entouraient quelques-unes de ces bicoques.

Quand on arrivait, comme nous le faisions, de la crête de la montagne et que l'on apercevait d'un seul coup cette agglomération, on ne pouvait s'empêcher de frémir devant tant de pénurie et de fragilité. En bas, la mer battait une jetée primitive et son rythme éternel rendait encore plus pathétique le caractère artificiel, forcé, de ce campement sans racines et sans espoir.

À l'orée du village, deux sentiers se croisaient. L'un, sur la droite, glissait vers un ensemble de baraquements nets et ordonnés, groupés à l'écart des autres maisons. L'abbé chinois nous dit qu'il habitait là avec des missionnaires belges et des sœurs italiennes, qui revenaient comme lui de la Chine communiste. Il s'en alla dans cette direction.

Quant à Georges et à moi, nous prîmes l'autre sentier abrupt qui, sous forme de ruelle tortueuse, inégale et fangeuse, traversait obliquement tout le village de Rennie Mills.

Devant l'une de ses lamentables masures, l'ancien juge s'était arrêté, son serviteur toujours derrière lui. Sur le seuil du jardinet, une très vieille femme, en veste noire au col montant et en pantalons larges de même couleur, l'accueillait, la tête inclinée très bas.

— Elle a sûrement attendu son mari à la porte depuis des heures, me dit Georges.

Malgré moi, je poussai une exclamation étouffée. Je venais de voir les pieds de la vieille femme. Ils étaient réduits à l'état de tronçons minuscules, affreusement serrés dans une enveloppe de cuir.

Georges hocha la tête et dit :

— C'est l'ancienne, très ancienne Chine... Dans le temps, et selon l'usage de toujours, on comprimait dès l'enfance les pieds de toutes les filles de mon pays, pour leur donner cette dimension... Il n'en reste plus beaucoup...

Pourtant, à Rennie Mills, l'épouse de l'homme à la calotte de soie et à la blanche barbe pointue n'était pas la seule à faire porter le poids de son corps sur des moignons aux os rompus et meurtris. D'autres vieilles femmes montraient ces signes de la coutume ancestrale, les stigmates du temps révolu. Et leurs visages immobiles d'un jaune ivoirin semblaient enduits par la poussière des siècles.

Les habitants de Rennie Mills nous regardaient passer. Leurs traits n'exprimaient aucune curiosité, leurs yeux n'avaient pas de vie. À la porte de leur cahute, ou dans leurs jardinets, ils demeuraient immobiles, oisifs. Ils vivaient, me dit Georges, des bribes qui leur restaient de leur ancienne fortune — car la plupart avaient été riches et puissants —, des légumes qu'ils cultivaient, du produit toujours insuffisant d'un travail artisanal ou de quelque misérable commerce.

J'entrai dans une boutique. Humide, étroite, obscure, ses rayons étaient d'un dénuement navrant. L'homme, qui essayait d'en tirer sa subsistance, gouvernait, quelques années auparavant, une grande cité.

— Ils me donnent envie de pleurer, dit Georges… Oh, je sais — et le prêtre vous l'a expliqué aussi — qu'ils étaient durs, avides, corrompus et pressuraient les pauvres gens. Mais aujourd'hui ils sont plus pauvres que les plus pauvres, parce qu'ils sont tombés de haut et qu'ils sont vieux…

En effet, il n'y avait point d'hommes et de femmes jeunes dans les rues de Rennie Mills. Pour en voir, il fallait arriver au bout du village et passer une barrière qui s'ouvrait dans une haie de fils de fer barbelés.

Là, sur une bande de terrain étroite et plate, en bordure de la mer, s'alignaient militairement, en trois rangées, une cinquantaine de longues baraques. D'anciens soldats nationalistes, devenus physiquement incapables de porter les armes, habitaient le camp avec leur famille.

— Les heureux de Rennie Mills, me dit Georges avec un sourire crispé. Le gouvernement anglais leur assure un toit et, pour leurs autres besoins, soixante cents par jour.

Soixante cents… un peu moins de quarante francs.

— En outre, continua Georges, les délégués de Tchang Kaï-Chek retiennent la moitié de cette somme pour eux… Ils en ont le pouvoir. Si quelqu'un proteste, il sait qu'il sera rayé des feuilles d'allocation. Alors il se tait. Trente cents, c'est tout de même un peu de riz…

Nous fîmes le tour du camp.

Les photographies qui suivent ont été retrouvées
dans les archives des Éditions Gallimard.
Elles n'ont, à notre connaissance, jamais été publiées.

號
漆油

記號

TIGER . BALM

Dans chaque baraque vivaient pour le moins dix familles. L'entassement était incroyable. Dans les cellules infimes, entre des cloisons de planches contre lesquelles s'étageaient jusqu'au plafond les bat-flanc nus, couchaient, mangeaient, travaillaient trois générations, quelquefois davantage.

Les estropiés, les mutilés, les aveugles traînaient partout.

Et, dans ce refuge de fin de monde, entre le mont aride et le flot marin, dans cette cour des miracles, de jeunes hommes, le visage collé aux fenêtres sans vitre, exécutaient des broderies féeriques. Les doigts grossiers, calleux, qui, pendant de longues années et d'interminables marches, n'avaient eu pour instruments que le fusil et la mitrailleuse, maniaient les aiguilles les plus fines et les fils les plus délicats.

— Les broderies de Rennie Mills sont renommées, dit Georges. Ces hommes, par la force des choses, sont devenus des maîtres dans ce métier. Ils travaillent sous contrat pour un gros négociant chinois qui revend leur ouvrage à un acheteur d'Amérique. Ils ont fait tous les deux une énorme fortune...

Georges regarda les anciens soldats qui, à leur fenêtre, profitaient des dernières clartés du crépuscule et ajouta :

— Eux, pour tout un jour de ce labeur qui

détruit les yeux, ils touchent au plus un dollar : soixante francs ! Et ils sont contents.

Un très petit bateau accosta à la jetée toute proche. Il remplaçait le ravitailleur en panne et repartait quelques instants plus tard. Il pouvait nous éviter le retour épuisant par le sentier de montagne. Nous courûmes vers lui.

Que l'air de la mer libre me parut bon !

Le bateau allait sur Kowloon… À mi-chemin, dans la baie, se balançait une masse colossale, une sorte de ville d'acier. C'était le *Midway*, le plus grand porte-avions du monde.

À Kowloon, nous gagnâmes l'embarcadère des *ferries*. La nuit était venue. En face, flambait le miracle lumineux de Hong-Kong.

La même île où, sans lampe ni bougie, dans leurs baraques surpeuplées jusqu'à l'impossible, les brodeurs de Rennie Mills commençaient à détendre leurs doigts gourds.

VIII

Le grand seuil

— C'est enfin accordé, me dit Georges.

Il s'agissait de l'autorisation qui nous permettait d'aller jusqu'à la limite extrême de la colonie de Hong-Kong, à la frontière de la Chine communiste.

Le lendemain, Georges et moi, après avoir passé une fois de plus en ferry-boat le détroit qui séparait l'île du continent, nous prîmes à Kowloon une voiture de louage, afin de gagner les Nouveaux Territoires. On appelait ainsi la vaste zone que la Grande-Bretagne avait, en 1898, louée pour quatre-vingt-dix-neuf ans au gouvernement chinois de l'époque et qui était venue s'ajouter à la bande côtière cédée en toute possession aux Anglais par le traité de 1841, après la guerre de l'opium.

Au bout des Nouveaux Territoires coulait la Lowu. Ensuite commençait la Chine rouge.

Autant les grandes cités de Hong-Kong et de Kowloon portaient la marque de l'homme blanc, de ses industries et de ses loisirs, autant les terres que nous traversions maintenant appartenaient encore aux mœurs, aux traditions millénaires de la campagne chinoise.

Petites rizières... charrues primitives... attelages de buffles... paysans vêtus de bleu... huttes ramassées les unes contre les autres... Et quand la route longeait la mer, étonnants villages de pêcheurs avec leurs jonques, leurs sampans... tandis que le long des rives détrempées, des femmes aux grands chapeaux de paille cherchaient des coquillages.

De temps à autre, une Jeep nous croisait, portant une patrouille de jeunes soldats blonds... Ou, à de très longs intervalles, un charmant bungalow, noyé dans les fleurs, dominait une colline. C'étaient les seuls signes de la présence anglaise. Pour le reste, tout demeurait fidèle au temps d'autrefois.

Et voici que, entre deux hameaux et allant dans la même direction que nous, se dessina et grandit un équipage qui semblait sortir du fond des siècles. Suspendue par ses brancards avant et arrière aux épaules de deux coolies, une chaise à porteur vétuste et délabrée avançait en cahotant au trot de leurs pieds nus. Elle était close, de manière à dissimuler la personne qui voyageait par son truchement. Mais, à mesure que nous approchions de l'étrange véhicule, nous entendions, toujours plus distincte, une voix de femme en jaillir. Une voix suraiguë, une voix désespérée, qui clamait une longue plainte. Parfois, un sanglot ou un cri en coupait le fil. Puis, aussitôt, la lamentation reprenait comme une litanie d'inépuisable tourment.

— Georges, qu'est-ce qui se passe ? dis-je... Il faut voir... faire quelque chose.

Mon ami chinois se mit à rire de bon cœur. Ensuite, il parla au conducteur de notre automobile qui rit plus bruyamment encore.

— Soyez sans inquiétude pour cette femme, me dit Georges. C'est une jeune mariée qui se rend du village de ses parents au village de son époux.

Le conducteur avait ralenti de telle manière que notre voiture maintenant suivait le pas des coolies. Le gémissement montait, montait, toujours plus aigu...

— Mais pourquoi cette plainte ? demandai-je.

— C'est l'usage ancien, dit Georges. Elle pleure pour honorer ses parents. Pour leur *face*. En vérité, elle est sans doute très heureuse.

Nous dépassions lentement la chaise à porteurs. Dans une fente de l'étoffe qui la recouvrait par-devant, j'aperçus un œil vif et noir fixé sur nous. Pour un instant, la voix éplorée se tut, mais, ensuite, comme ranimé et surexcité par la présence de témoins imprévus, le lamento rituel s'éleva de nouveau et avec une acuité, une détresse presque intolérables.

Les coolies, tout en trottinant, hochaient la tête en connaisseurs. La jeune épouse qu'ils portaient se montrait vraiment experte.

Notre voiture roula plus vite. Et bientôt s'éteignit le chant de la très vieille Chine qui nous accompagnait sur notre route vers le seuil de la Chine nouvelle.

*

L'homme qui devait nous y conduire avait rang de capitaine dans la police et était chargé de toute la zone frontière. Il était jeune, court de taille, rebondi de ventre, fleuri de teint et il aimait caresser l'ondulation de ses moustaches soyeuses. Un invisible fil de fer semblait passé dans le pli de son pantalon kaki ; l'étoffe de sa vareuse, le cuir de sa ceinture, le cuivre des boucles — tout était brossé, frotté, astiqué, briqué comme pour une parade. Le visage semblait rasé sous la peau.

Cet officier, courtois, attentif, serviable à l'extrême et tout aussi inflexible dans l'exercice de ses fonctions, avait établi son quartier général à l'orée d'un gros village chinois, sur une éminence dont les flancs étaient plantés de beaux arbres fleuris. Devant le perron, une Jeep nous attendait. Un policier en uniforme bleu et à figure jaune tenait le volant.

— Je m'excuse de vous importuner, dis-je au

capitaine… Nous pouvons très bien faire seuls le trajet…

Il secoua la tête et répondit en souriant :

— Seuls, vous n'iriez pas très loin. Ici, déjà, c'est zone surveillée. Mais, ensuite, vient la zone interdite. Chacun de ses habitants doit être muni d'une carte d'identité spéciale et aucun étranger à la région n'y pénètre, s'il n'est accompagné par un officier de la police.

Nous n'avions pas fait beaucoup de chemin que, sur le bord de la route, se dressa une caserne. La sentinelle, de teint très sombre et aux traits aigus, présenta les armes au capitaine.

— J'ai là cent cinquante Indiens de l'Assam, dit celui-ci. Des durs. Des guerriers. Certains ont vingt ans de service. C'est ma réserve en cas de troubles graves… Il ne s'en est pas produit jusqu'à présent et j'espère bien qu'il ne s'en produira point… Mais qui se tient sur ses gardes n'est jamais surpris — pas vrai ?

Le capitaine eut un rire débonnaire et alluma une cigarette. Je lui demandai quels étaient ses rapports de voisinage avec les communistes chinois.

— Aucun, me dit-il. Sauf pour les strictes nécessités du service, nous les ignorons. Et ils font de même envers nous. C'est le meilleur moyen d'éviter les histoires — pas vrai ?

Le capitaine rit de nouveau. Il n'éprouvait aucune curiosité, aucun intérêt pour ce qui se passait de l'autre bord. L'imagination n'avait aucune part dans ses fonctions. Des faits stricts, un ordre rigoureux — tel était son domaine.

— Si nous sommes en faute, ils tirent, dit-il. Et s'ils sont en faute, nous tirons. Le tout est de bien fixer les droits et les devoirs de chacun. C'est fait. Il n'y a plus de coups de feu maintenant.

Une chicane barra la route, gardée par des policiers chinois, vêtus de leur uniforme habituel : culottes, vareuse et casquette d'un bleu foncé. Mais ils étaient armés de fusils. Nous étions dans la zone interdite.

Elle méritait bien ce nom. Dans la campagne dépeuplée, on pouvait compter un à un les paysans qui se penchaient sur le sol. Les voitures qui croisaient la nôtre étaient toutes militaires. Et si parfois on rencontrait une file de camions civils, ils étaient escortés par des policiers en armes.

Le terrain devint un peu plus accidenté. Alors je vis que toutes les crêtes, de faible altitude sans doute, mais desquelles on découvrait un assez vaste horizon, étaient coiffées de miradors.

— On approche, dit le capitaine. Voici nos derniers points d'observation.

Et ce fut la frontière.

C'est-à-dire, pour les gens d'Occident, l'unique point d'accès direct vers la Chine communiste. C'est-à-dire le seuil d'un pays immense et transformé, remodelé, repétri par une révolution à sa mesure.

Le pays des dragons et de la Cité Interdite, des caravaniers mongols et des Mandchous géants, du Fleuve Bleu et du Fleuve Jaune, de la Grande Muraille, des Fils du Ciel et de Mao Tsé-Toung.

Je descendis de la Jeep très lentement, essayant de saisir en une seule fois, et comme en une seule aspiration, tous les détails de ce décor symbolique, de ce paysage clef. La simplicité, la netteté de lignes en étaient *si* parfaites qu'elles semblaient voulues à l'avance, conçues à dessein et prédestinées.

Le cours du Lowu, qui servait de limite entre deux univers, les coupait par un fossé profond, étroit et liquide. Sur la rivière, un pont était jeté au milieu duquel se dressaient quelques chevaux de frise.

De notre côté de la barrière, deux hommes se tenaient immobiles, rigides, chaque muscle et chaque nerf tendu, leurs armes braquées devant eux et le doigt sur la gâchette. Ils étaient habillés d'uniformes bleus et coiffés d'une casquette plate à courte visière.

De l'autre côté et leur faisant face, deux autres hommes semblaient, par la raideur, la vigilance, la menace du geste, leur exacte réplique. Seulement ceux-là portaient un uniforme de toile kaki, des casques arrondis et des souliers très souples.

Derrière eux, un poste de garde sommé du drapeau de la Chine communiste et les premières maisons d'un village servaient de fond au tableau.

Mon regard revint sur les sentinelles adverses et j'eus soudain le sentiment d'une hallucination. Des deux côtés de la barrière, c'étaient les mêmes hommes, ou plutôt, à cause de leur absolue immobilité, les mêmes mannequins. Car, sous le casque rond comme sous la casquette plate, je voyais la même peau jaune, les mêmes pommettes hautes, les mêmes yeux bridés. La taille et la structure du corps, elles aussi, étaient identiques. Des deux côtés de la barrière veillaient des Chinois — et issus de la même province, la province de Canton, qui, derrière le poste de garde, étalait ses prés et ses champs.

Pourtant deux de ces figures figées portaient les couleurs du dernier bastion colonial d'Extrême-Orient, de la suprême enclave de l'homme blanc en terre jaune, tandis que les deux autres représentaient un peuple innombrable à qui son régime nouveau donnait chaque jour davantage le sentiment de sa puissance contre les hommes d'Occident.

Et en présence des emblèmes humains qui cristallisaient si bien cet affrontement, une question venait invinciblement à l'esprit : comment, pourquoi Hong-Kong restait-il britannique ?

Sans le savoir, le capitaine, qui nous avait accompagnés, donna une partie de la réponse.

— Ce pont, dit-il, qui vous semble mort, connaît tous les jours à l'aube une grande affluence. Des camions arrivent en longues files du côté chinois. Ils sont chargés de montagnes de légumes, de troupeaux de cochons, d'une basse-cour immense de poulets et de canards. Toute cette marchandise est transbordée sur des camions à nous et s'en va sur Kowloon et Hong-Kong. C'est un beau vacarme, je vous assure.

Le capitaine tira sur sa moustache en riant et continua :

— Nous avons un problème aigu de ravitaillement et les Chinois ont besoin de devises… C'est une chance.

— Jamais d'incidents ? demandai-je.

— Non, tout, des deux bords, est contrôlé, surveillé, bien en main, dit le capitaine.

Il réfléchit, haussa les épaules, reprit :

— Je ne me souviens que d'une histoire et dans un tout autre domaine… Des femmes européennes avaient reçu l'autorisation de venir ici… Je ne sais quels sentiments leur présence a inspirés aux gens de l'autre côté de la barrière, mais des soldats et des villageois se sont mis à leur crier des insultes, à leur lancer des mottes de terre et des cailloux…

« Morale : plus de dames sur le pont. »

Le capitaine fut appelé à ce moment par l'officier qui commandait le poste de garde britannique. Tandis qu'ils conversaient à mi-voix, je m'approchai de Georges.

Mon ami chinois contemplait sans faire un mouvement le paysage qui s'étendait au delà du Lowu. Bien que ses traits fussent indéchiffrables, je devinais sans peine les sentiments qui l'agitaient... Là était sa patrie... son Shanghaï bien-aimé... sa famille.

Mais il ne me fit aucune allusion à ce qu'il éprouvait. Nous attendîmes en silence le capitaine.

Il revint très vite et nous reprîmes la Jeep. Elle nous mena jusqu'à un autre pont, situé tout près, mais beaucoup plus large et plus massif, sur lequel reposaient les rails du chemin de fer.

Chaque jour un train venant de Canton passait là en direction de Kowloon et un autre qui allait de Kowloon à Canton.

Là aussi il y avait une barrière et là aussi il y avait des sentinelles. Mais ce ne furent pas les soldats qui, cette fois, m'étonnèrent surtout par leur similitude. Ce furent les porteurs.

De chaque côté de la barrière, on les voyait, allongés ou accroupis contre la rampe du pont, exactement dans la même attitude, portant exactement les mêmes traits, la même crasse, les mêmes haillons et la même misère. Et ils étaient coiffés de la même affreuse casquette de toile. Seulement, du côté anglais, la visière était bleue et, du côté communiste, elle était rouge.

— Et voilà... dit le capitaine en souriant. Ces coolies voient passer tous les gens : émigrés, diplomates, prisonniers libérés, journalistes, prêtres relâchés, qui sortent légalement de la Chine.

Le capitaine entra dans le bâtiment de douane. Georges, alors, me demanda :

— Avez-vous jamais entendu le nom de *Yellow Ox (le Bœuf jaune)* ?

— Non, dis-je.

— C'est une société secrète qui, contre beaucoup d'argent, fait passer la frontière aux biens et aux personnes. Elle est très fermée et très puissante. Elle dispose de gens à elle, des deux côtés. Elle a ses tribunaux et ses tueurs. Son siège est à Hong-Kong...

Le capitaine revenait à nous.

— Le train de Canton a beaucoup de retard, dit-il et n'arrivera qu'à la nuit. En outre, aucun passager intéressant n'a été notifié à nos services. Nous pouvons rentrer, si vous le voulez bien.

Je rapportai au capitaine les propos de Georges sur le *Yellow Ox*.

— Oui, je sais, on en parle beaucoup, dit le capitaine. Mais il y a nos miradors, nos fils de fer barbelés, électrifiés, nos chiens... Pourquoi les contrebandiers de chair humaine affronteraient-ils tous ces risques sur un terrain réduit, facile à garder, quand il y a sur les côtes des centaines de kilomètres de frontière libre et les criques et les jonques sans nombre ?

Ce que disait le capitaine était la logique même. Pourtant Georges — et je l'avais contrôlé à maintes reprises — n'avançait jamais rien dont il ne fût sûr…

Le paysage du Lowu s'estompait dans le lointain…

MACAO

I

Les 540 traversées

La baie de Canton part du delta de la Rivière des Perles pour s'évaser largement, comme les branches d'une tenaille ouverte. Au bout de la branche est se trouvent Hong-Kong et Kowloon. Sur la pointe extrême de la branche ouest, il y a Macao.

La route maritime qui relie la colonie portugaise à la colonie britannique est beaucoup plus longue, à cause des îles et des îlots dont la baie est peuplée, que la distance à vol d'oiseau. Toutefois, même en tenant compte des nécessités de la navigation, les petits paquebots qui font la navette entre Hong-Kong et Macao mettent trois heures pour couvrir tranquillement le trajet. Du moins ceux qui voyagent de jour — il y en a deux — car le bateau de nuit réduit son allure, de manière à donner aux passagers un temps suffisant de sommeil.

Je m'embarquai par un brillant matin, dans l'agitation et les couleurs merveilleuses du port de Hong-Kong. Les trompes des voitures, les appels des *rickshaws*, les cris des coolies, les sifflets des vedettes, les sirènes des bâtiments plus gros, accompagnaient ce départ d'une clameur exaltante.

De l'autre côté de la baie, au-delà de ces flots, tout joyeux de lumière, Macao m'attendait.

Macao, l'une des plus vieilles colonies européennes du monde, accordée, voilà quatre siècles, par le Fils du Ciel qui alors régnait sur l'Empire de Chine, comme récompense aux Portugais, parce qu'ils avaient anéanti les pirates qui infestaient la baie et ses archipels.

Tandis que notre bateau levait l'ancre et déhalait du quai, je rêvais à ces temps où un tout petit peuple, placé aux confins occidentaux de l'Europe et à peine libéré du joug maure, lançait ses marins à travers l'univers inconnu, découvrait océans et continents nouveaux, essaimait de comptoirs les rivages de l'Afrique, de l'Arabie, de l'Inde et de la Malaisie, et poussait son étonnante aventure jusqu'aux mers de Chine.

Quand les navigateurs portugais — les premiers hommes blancs — croisaient dans cette baie et fondaient Macao, l'île de Hong-Kong n'était qu'un rocher désert. Trois cents années devaient s'écouler encore avant qu'elle ne changeât de destin. Et pendant trois cents années, Macao fut la seule terre, sur ces côtes lointaines, permise à l'étranger. Des églises et des forts s'élevèrent, des rues furent tracées, le commerce fleurit... Et pendant trois cents années, doublant le Cap de Bonne Espérance, les voiliers lusitaniens firent régulièrement le trajet du Tage à la Rivière des Perles.

La rêverie qui m'avait emmené si loin dans le temps fut interrompue soudain par une bruyante rumeur de voix. Elle venait d'un groupe de jeunes Sikhs vêtus à l'européenne, mais qui portaient le turban et la barbe conformes à leur secte. Ils s'installèrent autour d'une table, sur le pont. Hong-Kong et Kowloon se voyaient encore à l'horizon qu'ils jouaient aux cartes avec fièvre.

Alors une autre image de Macao vint se présenter à mon esprit. Son image la plus moderne, la plus brutale, inspirée par les titres de tant de romans et de films d'aventure. Macao — nid de contrebandiers, royaume de l'opium, paradis de la débauche, enfer du jeu. Macao, lupanar, repaire de la drogue et tripot fantastique...

À ce moment, le bateau changea de cap et la vue que découvrit cette manœuvre ne me laissa plus ni loisir, ni pouvoir de penser et d'imaginer quoi que ce fût. L'immensité liquide étincelait de soleil, fourmillait de rocs et d'îlots. Aucun n'avait la même forme ni le même dessin. Les uns étaient nus et sauvages, d'autres tout vêtus de buissons, de jungle ou de fleurs. La vague même qui brisait et chantait contre leurs flancs semblait porter une écume et une voix pour chacun différentes. À cause de cela, la perspective se modifiait sans cesse, sans répit. Tout semblait mobile et vivant dans ce décor.

Et toujours, et venant de tous les horizons, il y avait des jonques, par groupes, par grappes, par flottilles, qui dressaient leurs châteaux arrière contre le ciel ou étalaient leurs voilures magiques le long des rives escarpées. Et quelquefois l'une d'elles, détachée, mêlait ses feuilles de toile à celles d'un arbre étrange dont la chevelure s'inclinait jusqu'à la mer.

Navigation enchantée parmi les îles sans fin et les barques sans nombre…

Une subite querelle entre les joueurs sikhs m'arracha, quoi que j'en eusse, à cette contemplation. Leurs grandes dents blanches, leurs sombres yeux ardents, leurs barbes emmêlées et leurs voix rauques témoignaient bien de leur race. Mais ils s'insultaient en anglais. Nés à Hong-Kong, c'était sans doute la seule langue qu'ils connussent vraiment. La dispute d'ailleurs s'éteignit aussi vite qu'elle avait flambé. Mais le charme pour moi était rompu. J'allai au bar.

Aménagé, ainsi que tout le reste du bateau, pour les loisirs d'une traversée d'agrément, il était spacieux et frais avec de vastes baies ouvrant sur les ponts. De silencieux et rapides stewards chinois, vêtus de blanc, y servaient les boissons et les nourritures les plus diverses. Des Indiens mangeaient du curry quand j'y pénétrai. Une famille chinoise buvait du vin chaud. Des Anglais prenaient du thé et des œufs au bacon. Bref, toutes les tables étaient prises, sauf une. Je m'assis, demandai un whisky-soda, et recommençai à regarder avec bonheur le paysage des vagues, des îles et des jonques...

Un homme corpulent et jovial, aux cheveux rouges, aux yeux clairs, me demanda la permission de prendre place en face de moi. Il commanda un whisky sec, le but d'un trait et se présenta. Écossais de naissance, ingénieur de métier, Extrême-Oriental de vocation — il avait longtemps servi, après la guerre, comme officier mécanicien sur la ligne Hong-Kong-Macao mais, depuis peu, avait monté à son compte une petite affaire de cabotage.

Nous reprîmes un whisky et, amolli, heureux, les yeux fixés sur l'admirable décor qui coulait, semblait-il, le long du bordage, je dis à mi-voix :

— On voudrait ne jamais quitter ce bateau.

Un grand rire secoua l'Écossais... Je le regardai avec surprise. Il s'écria :

— Je ne pensais pas à vous, mais à O'Brien...

— O'Brien ?

— Mais oui... rappelez-vous, dit l'Écossais. Son aventure a fait il y a quelques années le tour de la presse mondiale. O'Brien... le prisonnier flottant de cette ligne... le cheval de manège entre Hong-Kong et Macao.

O'Brien... Hong-Kong... Macao... Oui, ces

noms associés éveillaient dans ma mémoire une résonance déjà entendue. Mais cela n'allait pas plus loin.

Nous prîmes un autre whisky et l'ingénieur mécanicien me raconta, dans ses détails, l'histoire extravagante dont tous les journaux, en effet, avaient brièvement parlé à l'époque.

— Commençons par le commencement, dit l'Écossais. Un très jeune garçon hongrois — plutôt voyou — s'arrange pour entrer aux États-Unis clandestinement, sans passeport. Son nom ? Personne n'en sait rien, que lui. Mais il n'en veut pas et dès qu'il a mis le pied sur le sol d'Amérique, il se baptise O'Brien. Bon... Il traîne dans les quartiers malsains de New York et de Chicago... Son école, c'est le taudis, la rue, les gangs juvéniles... Quand il a bien fait son apprentissage, il disparaît. On le retrouve au Texas. Il a vingt-deux ans et il a tué un homme.

« Les juges du Texas le condamnent à la prison à vie. Mais alors O'Brien — ou son avocat — se souvient que de pénétrer illégalement en Amérique — comme il l'a fait — est un crime qui ne relève plus de l'un des quarante-huit États, mais de la juridiction fédérale, qui dispose d'une priorité absolue. La peine que celle-ci décrète est appliquée avant toute autre. O'Brien, donc, se dénonce lui-même, crie qu'il est un faux citoyen américain, entré sans visa ni passeport. Cette fois, il n'est condamné qu'à la déportation, mais par une autorité souveraine. Et on le conduit sur le premier bateau en partance. Il se trouve que c'est un paquebot pour l'Extrême-Orient. En 1940, O'Brien débarque à Shanghaï. »

Le commandant de notre bateau, un grand Anglais à cheveux gris, traversa le bar. Il profitait d'un instant où la navigation était sans embûches pour faire une ronde. En passant près de notre table, il donna une forte tape sur l'épaule de l'ingénieur mécanicien. Ce dernier s'épanouit. Il avait assuré le parcours de Hong-Kong à Macao plus d'une année avec ce capitaine.

— Revenons à O'Brien, dit l'Écossais. Comme métier, dans Shanghaï, il prend d'abord celui de barman. Ensuite... paris aux courses... femmes, drogues... tripots... Il s'occupe de tout un peu... gagne pas mal d'argent. Mais les Japonais entrent en guerre. O'Brien a beau crier maintenant qu'il n'a jamais été américain, il avait, jusque-là, trop dit le contraire pour qu'on l'épargne. Il est jeté dans un camp.

« Là, entre autres prisonniers, O'Brien rencontre un vieil Américain, grand armateur de Shanghaï qui le prend en vive amitié. Sans doute un homme du type O'Brien et dont l'existence n'avait tenu qu'à sa violence, sa ruse et son audace, était-il dans l'enfer japonais un compagnon précieux. Quoi qu'il en soit, les deux captifs réussissent à survivre, et, après la défaite japonaise, reviennent à Shanghaï.

« L'armateur ne peut plus se passer de son ami. Il assure largement sa subsistance. Tout ce qu'il demande à O'Brien, c'est que ce dernier le ramène à la maison lorsqu'il a trop bu dans les bars et les boîtes de nuit. O'Brien s'acquitte fidèlement de ses fonctions jusqu'à l'arrivée des communistes à Shanghaï… Dès lors, finie la vie nocturne… Plus d'alcool… »

L'Écossais s'arrêta, passa sa langue sur ses lèvres soudain sèches et me demanda d'une voix un peu angoissée :

— Ça ne vous fait rien de penser à cela ?

Je compris tout de suite ce qu'il sous-entendait et nous appelâmes le steward. Ayant calmé une soif qu'il disait purement nerveuse, mon conteur reprit :

— O'Brien n'a plus rien à faire dans une cité célèbre pour ses ressources en débauche et combinaisons obscures, où la vertu règne soudain. Il presse son ami de quitter Shanghaï… Mais l'armateur a d'énormes intérêts à défendre. Il estime sa présence nécessaire. Il s'obstine, il s'accroche…

« O'Brien, lui, n'en peut plus. Il se procure un permis pour Macao… Auprès de quelle autorité portugaise ? Mystère. Mais ce papier lui suffit pour obtenir de sortir de la Chine communiste. Il n'en demande pas davantage. Son ami lui a fourni quelques fonds. Et avec un peu d'argent un homme habile se débrouille toujours à Hong-Kong. Car c'est à Hong-Kong, bien entendu, le dernier grand comptoir de l'Extrême-Orient, que O'Brien a le ferme dessein de s'arrêter…

« Mais à Hong-Kong — contrairement à toutes les habitudes — la police lui interdit fût-ce un instant de séjour. On est renseigné sur son passé… De plus on trouve dans ses bagages des plaques typographiques dont l'aspect ressemble fâcheusement à celles qui servent à imprimer les billets de dix dollars, — fausse monnaie dont, à l'époque, la Thaïlande, Formose, la Birmanie et les Philippines se trouvaient inondées…

« En bref, la police dit à O'Brien : “Vous avez un permis pour Macao et non pour Hong-Kong. Vous allez donc filer sur Macao tout de suite.” Et une escorte solide conduit O'Brien jusqu'au *Tailoy*, bateau de la ligne dont nous usons en ce moment et qui était, ce jour-là, le premier en service.

« Or j'étais, à cette époque, officier mécanicien sur le *Tailoy*. »

L'Écossais se renversa dans son fauteuil et passa dans ses cheveux rouges sa main forte et noueuse.

— Qui donc aurait pu prévoir ce qui allait se passer ? s'écria-t-il. Évidemment les policiers qui escortaient O'Brien ont attiré sur lui l'attention du capitaine et la mienne. Mais, après tout, cette affaire n'était en rien notre affaire. Trois heures plus tard, O'Brien serait à Macao. Pour nous, O'Brien ne devait être qu'un passager comme les autres.

« Parfait... Nous sommes à Macao. Vous verrez combien le contrôle de sécurité s'y passe facilement, aimablement. Nos voyageurs défilent très vite devant le guichet. Soudain, une halte. O'Brien est questionné, examiné, retenu. Son permis de Shanghaï ne vaut rien. Défense formelle de résider — même un jour, même une heure — à Macao. Il doit immédiatement revenir sur le *Tailoy* et attendre à son bord le retour vers Hong-Kong.

« Le capitaine de notre bateau proteste. Il a vu, de ses yeux vu, que O'Brien a été expulsé d'Hong-Kong. Rien à faire. Les autorités portugaises sont inflexibles. D'ailleurs le capitaine n'a rien à dire du moment que le voyageur paye son passage.

« Alors... alors... l'enfer commence pour O'Brien... Car c'est un enfer que de tourner, tourner, tourner dans le même cercle. Refusé à Macao, rejeté de Hong-Kong, au point de n'avoir pas le droit de faire un pas sur les quais, condamné à demeurer sur le *Tailoy*, il a fait deux fois par jour et pendant neuf mois le parcours entre la colonie britannique et la colonie portugaise. Neuf fois soixante, cela fait, sans compter les mois de trente et un jours, *cinq cent quarante* voyages consécutifs, sur un trajet infime. »

L'ancien officier mécanicien du *Tailoy* m'assena un grand coup sur la cuisse.

— Oh, bien sûr, vous trouvez, vous, le parcours superbe et le bateau plaisant. Mais je puis vous affirmer que les gens en service sur la ligne sont vite saturés de ces îlots et de ces barques chinoises. Et encore nous avons pour nous distraire la routine et les imprévus du métier. Et nous sommes attendus d'un côté ou de l'autre de la baie, par des familles, des amis, de petites camarades. O'Brien, lui, était nuit et jour rivé, cloué, collé, englué au bateau. Il en connaissait chaque recoin et il connaissait aussi chaque caillou, chaque arbre, chaque jonque du trajet.

« Cinq cent quarante fois, je vous dis !

« Sa nourriture et sa boisson étaient payées par le vieil armateur, son ami, qu'il avait pu prévenir à Shanghaï et qui avait assez de relations d'affaires à Hong-Kong pour arranger cela. Quant au prix des voyages, la ligne, en désespoir de cause, avait renoncé à les lui réclamer.

« Peut-être, avec un autre caractère, O'Brien aurait-il pu nouer quelques camaraderies avec nous et avec les passagers qui sont très souvent les mêmes... Son incroyable aventure faisait oublier tout ce qu'il avait pu commettre au cours de sa vie passée. Mais, court et trapu de corps, congestionné de visage, grossier et méchant, il s'aliéna tout le monde. Le capitaine le haïssait. Et moi aussi. Figurez-vous (l'Écossais leva ses yeux bleus vers le plafond du bar) qu'il buvait seul ! Qu'il s'enfermât dans sa cabine avec du whisky — je le conçois : il ne pouvait plus supporter la vue de ces maudits rochers, de ces damnées voiles chinoises. Mais seul ! Le résultat est qu'il se saoulait à mort, devenait agressif et que plus d'une fois le capitaine a dû le faire enfermer dans la cale… »

L'Écossais m'adressa un grand clin d'œil et dit :

— Puisque nous sommes deux, profitons-en !

Le steward apporta deux whiskies.

— Comment s'en est-il sorti, O'Brien ? demandai-je.

— Un prêtre français qui s'occupait officiellement des « personnes déplacées européennes » a fini par s'intéresser à son cas. Il a réussi à lui procurer un visa pour Saint-Domingue. Il n'a quitté le *Tailoy* que pour l'aérodrome…

« Le vieil armateur, lui, a été relâché de Chine il y a six mois seulement… Ils ne se sont pas vus à Hong-Kong… »

Je fus surpris d'entendre soudain tous les bruits qui annoncent l'arrivée d'un bateau au port. Je courus sur le pont.

Une colline qui avançait dans la mer, comme un éperon, portait à notre rencontre une petite ville blanche et charmante.

Macao.

II

L'enfer du jeu

À Macao les formalités du débarquement étaient réduites à l'extrême.

Je confiai mon léger bagage à un coolie et commençai de flâner le long des quais. Tout, dans le port, était à petite et charmante échelle : pontons, hangars, poste de douane, bateaux, outillage. Tout, sauf la cité de jonques, dont la file, bord à bord, s'étendait à perte de vue.

— Il y en a 9 000, rien qu'à Macao sans compter les environs, dit soudain en anglais quelqu'un juste à mon oreille.

Je tressaillis de surprise et me retournai vivement.

Un grand garçon brun, taillé en athlète mince, au front et au nez latins mais aux yeux chinois, me souriait.

— En vérité, ces jonques à l'ancre ressemblent à toutes celles de la baie, dit-il encore. Mais regardez celle-ci.

Contournant un pli de la côte, émergeait à

cet instant une sorte de monstre nautique : lourde maison flottante à trois étages, sans voiles et sans mâts. Un remorqueur la poussait.

— Cette jonque-péniche arrive de Canton, par la Rivière des Perles, chargée pour nous de poulets, canards et cochons… Une Arche de Noé communiste… dit l'athlète aux yeux bridés.

Il s'inclina gracieusement et reprit :

— Votre ami Georges qui est aussi le mien m'a téléphoné de Hong-Kong que vous arriviez. Je m'appelle Manoel et suis un vrai Portugais de Macao, c'est-à-dire avec beaucoup de sang chinois… (il sourit) ainsi que vous pouvez vous en apercevoir.

Manoel me tendit une main très fine et d'une vigueur singulière.

— À votre entière disposition, dit-il.

Ce n'était pas une formule de politesse. Je ne sais pas quels arrangements Manoel avait pris avec les services municipaux où il occupait un emploi modeste, mais tout le temps que je passai dans Macao, je pus compter sur lui, la nuit comme le jour.

On ne pouvait rêver plus agréable compagnon — courtois, fin, discret, informé de tout, courageux, et plein d'une douce malice. Même lorsque son visage latin demeurait serein, les yeux chinois riaient.

Il y avait en même temps chez Manoel une rêveuse nonchalance, une résignation aimable, à l'image même du lieu où il était né, issu d'un lointain aïeul qui, pour venir à Macao, avait doublé le Cap de Bonne Espérance sur un voilier encore proche parent des caravelles.

Bien qu'elle occupât toute la péninsule, la ville était une petite cité provinciale, blanche et discrète, alanguie, engourdie — même dans son quartier chinois — et d'un charme qui tournait à l'envoûtement. On eût dit qu'une opération magique avait transporté des rives atlantiques l'essence du Portugal à la pointe extrême de la baie de Canton.

Dentelles de fer forgé, fraîches murailles *d'azulejos*, porches baroques, ruines magnifiques d'églises fondées quatre siècles plus tôt, vieux forts, couleuvrines, à qui les pères jésuites avaient parfois servi d'artilleurs, grotte de Camoens où, disait la légende, le poète exilé avait composé ses *Lusiades*...

Et, par le même cheminement séculaire et subtil qui valait au visage de Manoel — et à la plupart des Portugais, hommes ou femmes, à Macao — ses hautes pommettes et ses yeux bridés, la structure de la ville s'était prêtée à un tranquille et heureux métissage. Les vestiges du Temple de Ma Kok, bâti bien avant l'arrivée des Portugais à Macao, faisaient partie des gloires de la cité au même titre que la façade harmonieuse et transparente — parce que plus rien ne subsistait derrière elle — de l'église Saint-

Paul et que son escalier monumental… Et la Pagode de la Déesse de la Charité, avec ses jardins fleuris et ses toits retroussés en tuiles polychromes, s'élevait non loin de la Sainte Maison de la Charité, fondée en 1568 par les premiers ordres religieux établis à Macao…

Mais, tout en prenant le plus vif plaisir à ces reflets et à ces ombres d'un pays et d'un temps lointains, une impatience étonnée et une sorte d'inquiétude sur mes sources d'information grandissaient en moi d'instant en instant. Où étaient les signes de la débauche, du vice, de la drogue, des trafics interdits qu'une rumeur mondiale attribuait à Macao ? Je n'en voyais pas la trace dans cette petite ville blanche et somnolente, ordonnée et propre jusque dans les plus pauvres quartiers chinois.

Tout en ce lieu paraissait fait pour le repos, la retraite et non pour l'assouvissement de passions clandestines et déchaînées.

Je fis part à Manoel de ma surprise.

— J'attendais, dit-il, cette question…

Il sourit, avec toutefois, me sembla-t-il, un peu de regret.

— Il n'y a pas d'endroit plus calme que Macao, reprit Manoel. Voilà la vérité. Tout le reste est légende…

Manoel soupira, mais ses yeux riaient.

— Et cette légende est fondée sur deux moments exceptionnels, où les gens et l'argent ont afflué à Macao. L'un se place avant la guerre, quand les Japonais ont envahi la Chine et l'autre, après la guerre, quand les communistes y ont gagné la partie. Alors, à cause des fortunes amenées par les réfugiés, les spéculations illicites et les commerces mystérieux, il y a vraiment eu du sport à Macao. Mais c'est fini depuis longtemps.

— Tout de même, dis-je, la contrebande...

Manoel secoua la tête.

— Terminé, déclara-t-il... Du moins, celle qui compte. Il est vrai que le trafic de l'opium et des produits stratégiques interdits a été ici très intense... Mais il appartient au passé. Et même des coups merveilleux, comme le vol du câble téléphonique entre Macao et Hong-Kong...

— Quoi ? m'écriai-je... Le câble...

— Oui, tout entier, dit Manoel. Pour en revendre le cuivre à la Chine... Ces exploits ne se répètent plus.

Le rire de ses yeux bridés glissait des pommettes saillantes à tout le visage. Il reprit :

— Oh, naturellement, il y a bien un peu de contrebande, mais infime, individuelle... L'essence, par exemple... Les jonques à moteur ont besoin, pour faire l'aller et retour Macao-Hong-Kong, tout au plus d'une touque. Les autorités anglaises leur en attribuent neuf... Elles protègent naturellement les intérêts des compagnies de pétrole... Le patron de la jonque a un surplus de huit touques... Il les revend dans quelque crique et, avec un léger bénéfice, aux Chinois qui, eux, sont à court d'essence. Mais les Chinois sont aussi à court de devises. Alors ils paient en troc : bois à brûler, poulets, cochons, légumes... C'est plutôt attendrissant, vous ne trouvez pas ?

À ce moment le chauffeur qui nous conduisait arrêta sa voiture au sommet d'une éminence. La cascade blanche des maisons de Macao dévalait vers la baie toute rompue par les rochers sans nombre de son archipel.

Manoel attira mon attention sur deux îles si proches que le bras de mer qui les séparait ressemblait à une anse.

— Dans ce creux, dit-il, par temps clair, j'ai souvent vu, de l'endroit où nous sommes, de grands cargos anglais jeter l'ancre. Aussitôt, comme des mouettes à la curée, arrivaient des dizaines de jonques. Quelque temps plus tard, le cargo s'en allait vers Hong-Kong et les jonques faisaient voile vers les côtes de Chine... Voilà la vraie contrebande, la grande... Mais elle n'est pas le fait de Macao.

Les paupières bridées de Manoel se plissèrent un peu sur ses yeux si gais. Quand il recommença de parler — et bien que nous fussions seuls — il baissa instinctivement la voix.

— Il y a tout de même à Macao, dit-il, un trafic clandestin à très grande échelle... Celui de l'or. Personne, du moins à ma connaissance, n'a été capable de dépister l'organisation qui en profite. Mais elle existe à coup sûr… Car enfin l'or dont l'importation est libre à Macao vient ici en grandes quantités (on peut les déterminer à une once près par le chiffre annuel de la légère taxe à laquelle le métal est soumis) — et cet or disparaît mystérieusement vers Hong-Kong où son entrée est interdite…

— Sait-on au moins, demandai-je, le mécanisme de la contrebande ?

— À peu près, dit Manoel. L'or est amené d'Australie ou du Mexique par des hydravions Catalinas — car il n'y a pas à Macao d'aérodrome ni de port véritable. Ces arrivages se font toujours secrètement pour que Hong-Kong n'en soit pas averti. Puis l'or est transbordé sur des jonques dont le fret ordinaire consiste en grandes touques emplies de légumes et de poissons. Cette fois les touques sont gorgées d'or. On les débarque dans un coin désert de l'île de Hong-Kong…

Ma curiosité s'était éveillée. Je pressai Manoel de questions. À chacune, il se contentait de répondre par un haussement de ses épaules légères et puissantes. À la fin, il dit :

— Le secret est bien gardé, je vous l'assure. Non seulement on ignore tout des chefs, mais des exécutants eux-mêmes. Les contrebandiers sont choisis un à un. C'est qu'ils doivent être d'une loyauté à toute épreuve. Songez que s'ils se dénoncent eux-mêmes, les autorités anglaises leur abandonnent un tiers sur la valeur de la cargaison !

Mon compagnon se tut un instant. Là-bas dans le port, le bateau qui m'avait amené repartait vers Hong-Kong. Les jonques aux voiles en forme de nageoires ou de feuilles s'écartaient sur son passage.

— La clique qui mène tout, reprit Manoel, est sûrement très étroite et très féroce… On dit que des femmes chinoises remarquables la dirigent… Tout est possible… Officiellement, on ne connaît que M. Mo Yen, président élu par la confrérie patentée des marchands d'or…

Nous étions remontés dans la voiture et passions maintenant par la rue principale de la ville européenne. Deux gratte-ciel voisins et assez monstrueux altéraient sa noble ordonnance. Manoel montrant le moins élevé — il avait tout de même seize étages — me dit très joyeusement :

— Voici le Grand Hôtel… Il appartient précisément à M. Mo Yen.

Je demandai à Manoel la raison de sa gaîté.

— Eh bien, dit-il, au début du mois de février, M. Mo Yen a été « prié » par les nationalistes chinois de leur permettre, par un don volontaire, de fêter dignement le Jour de l'An, qui approchait. M. Mo Yen a fait la sourde oreille. Alors une bombe a démoli une chambre de son hôtel. Le lendemain, M. Mo Yen, bravement et publiquement, a demandé pourquoi le courage avait manqué aux agresseurs de s'en prendre à sa maison, au lieu de son hôtel ? Mais cette déclaration n'était que pour la face. Entre-temps, M. Mo Yen avait effectué son don volontaire...

Sur les traits de Manoel persistait une expression de tranquille ironie.

— Tchang Kaï-Chek et son entourage, à Formose, sont pour le moins assurés de manger chaque jour, dit-il. Mais les pauvres diables de partisans, eux, ont souvent faim. Et quand vous apprenez que l'équipage d'une jonque nationaliste armée arrête quelque cargo, soyez sûr que son zèle est surtout celui d'estomacs creux.

— Je pense, dis-je, que, des partis chinois, le nationaliste est le seul à être autorisé ici.

— Pourquoi ? demanda Manoel en souriant. Nous avons des syndicats communistes parfaitement légaux.

— Mais au Portugal le communisme est un crime.

— Lisbonne est à dix mille kilomètres de chez Mao Tsé-Toung, dit paisiblement Manoel. Tandis que Macao...

Il dit en chinois — qu'il parlait aussi bien que le portugais ou l'anglais — quelques mots au chauffeur. Le taxi changea de direction.

— Où me conduisez-vous ?

— À la porte de la Chine, dit Manoel.

Il ne s'agissait pas d'un symbole : à la limite de la colonie portugaise, il y avait une vraie porte de pierre à forme d'arche étroite. Au-delà commençait la langue de terre, pas plus large qu'une chaussée et qui menait à l'immensité chinoise. Sur son seuil, de l'autre côté de l'arche, on voyait de petites silhouettes.

— Regardez les gardes chinois, s'écria Manoel. Ils ont encore le casque japonais et le long fusil russe plus grand qu'eux.

Mais j'étais bien incapable de prêter la moindre attention aux sentinelles jaunes. Je contemplais avec une stupeur incrédule les soldats portugais qui se tournaient vers moi.

C'étaient des nègres énormes. Et rien ne pouvait sembler plus extravagant, en un pays de corps graciles, de fins visages et de regards mi-clos, que de voir soudain ces torses puissants, ces faces noires et massives, ces yeux au blanc éclatant, ces cheveux crépus et ces bouches d'ogre.

Je demeurai sans parole. Manoel, de me voir ainsi, s'amusait beaucoup.

— Vous en trouverez sans cesse dans les rues, me dit-il. Tous les hommes de troupe, à Macao, sont des Noirs. Ils viennent de nos colonies de l'Angola et du Mozambique et servent ici deux ans.

Je considérai toujours les sentinelles africaines devant la porte de Chine.

Manoel poursuivit :

— Soldats modèles... et très conscients, très fiers d'être portugais, bien sûr, en ce pays d'étrangers à peau jaune... Leur seul défaut est une curiosité excessive... Certains ont voulu voir ce qui se passait de l'autre côté de l'arche... Naturellement, ils ne sont plus revenus...

« À part cela... ils sont très heureux ici... Les filles les aiment bien et ils apprennent grâce à elles le chinois beaucoup plus vite que leur langue natale...

— Quelle langue ? demandai-je.

— Le portugais, bien sûr, dit Manoel.

Comme nous revenions vers le centre de la ville, je pensai soudain que nous n'avions pas échangé un mot sur l'assise essentielle de Macao, sur sa raison d'être. Et je dis :

— Et les jeux, Manoel, les jeux !

Le sourire le plus sibyllin joua sur les traits de mon compagnon.

— Attendons la nuit, répondit-il.

III

L'homme à l'oreille coupée

Manoel abaissa vers la montre en or — l'or de Macao — qu'il portait au poignet, ses yeux chinois toujours illuminés de rire et me dit :

— On peut y aller.

— Enfin, m'écriai-je.

Nous avions dîné dans un restaurant où les meubles, les faïences et les mets rappelaient le Portugal, mais où bien peu de figures étaient portugaises entièrement. À divers degrés de métissage, elles portaient presque toutes les signes du sang oriental.

Manoel, à son ordinaire, m'avait conté sur les gens qui nous entouraient dix histoires amusantes. Pourtant, je l'écoutais mal. Il s'en était aperçu et avait pressé les serveurs indolents. Mais quand il vit la hâte avec laquelle je me levai de table, il demanda doucement :

— Êtes-vous si joueur ?

— Il s'agit bien de cela, dis-je. Mais, lorsqu'on arrive à Macao, ne pensez-vous pas que l'on peut être impatient de voir ses établissements de jeu ? Cette petite colonie n'est-elle pas le plus vaste, le plus célèbre tripot de l'Asie tout entière ?

— En vérité, dit Manoel.

Il me sembla que la malice de son sourire, cette fois, m'avait pris pour cible. Mais comment pouvais-je lire à coup sûr dans ces yeux où l'ironie riait sans cesse !

Les rues étaient illuminées plaisamment. Une tendre brise marine glissait dans l'air calme de la nuit. La ville, à cause de la forme de ses maisons, de ses arcades, de ses églises, d'une certaine démarche nonchalante des passants et de leur langage chantant, avait la tranquille douceur des *paseos* dans les vieilles provinces ibériques... Seulement ici — et cela semblait tout à fait naturel — éclataient de temps à autre les caractères magnifiques des enseignes chinoises et trottaient les *rickshaws.*

Soudain, extravagants, massifs, dépaysés, hideux, dévastant toutes les perspectives et toutes les harmonies, deux gratte-ciel, situés presque côte à côte, dominèrent l'avenue. Des lettres flamboyantes inscrivaient sur les immenses façades leurs noms respectifs.

L'un s'appelait *Le Grand Hôtel.*

L'autre, le plus haut, l'*Hôtel Central.*

Manoel me guida vers ce dernier en disant :

— Voilà l'établissement de jeux.

Du coup, je changeai de sentiment à l'égard

de l'affreuse bâtisse. Sans doute avais-je rêvé d'un autre décor, pour le grand temple des tripots sur l'une des pointes extrêmes de l'Extrême-Orient. Mais, au moins, ses dimensions répondaient à mon attente et j'imaginais déjà les salles innombrables et les foules enfiévrées et les figures jaunes crispées, et les yeux étroits hantés par les démons du jeu…

En effet, les pièces affectées à cette sorte de casino géant étaient sans nombre. On en trouvait à tous les étages. Des ascenseurs vastes et rapides, conçus uniquement pour leur service, y menaient en quelques instants. Et quelle variété dans les instruments du hasard ! Et la plupart si pittoresques et incompréhensibles qu'ils en prenaient un caractère de merveilleux.

Ma-jong.

Étrange roulette, sous un globe de verre.

Machine à dés.

Loto chinois.

Fantan.

Parmi les centaines de personnes qui assuraient la marche de ces jeux, il y avait surtout des femmes.

Aux postes de croupiers, de changeurs, d'annonceurs, comme pour le service des ascenseurs ou des bars, on voyait des créatures ravissantes, la jupe fendue jusqu'à mi-cuisse, les cheveux brillants, coiffés d'une manière admirable, le teint aussi lisse que la peau des fruits les plus délicats, les yeux étirés, vifs et doux. Seuls les chefs de partie étaient de vieux Chinois obèses, vêtus de longues robes d'un bleu candide et au regard impitoyable.

Oui, tout en vérité — la dimension et le nombre des salles, le mystère des jeux, de leurs règles et de leurs appareils, et enfin l'essaim de jeunes femmes dont les mains et les voix si fines servaient d'instruments au hasard — tout cela comblait et même dépassait mon attente.

Seulement… seulement ce magnifique et grandiose outillage fonctionnait à vide.

Les croupiers, les changeurs, les annonceurs à casaque fleurie et aux jupes fendues étaient à leur place. Les dés cliquetaient, les numéros de loto étaient tirés, la bizarre roulette sous verre tournait — mais tout cela pour rien. À travers les salles, il n'y avait pas un joueur.

— Il est trop tôt, sans doute, dis-je à Manoel. Peut-être vous ai-je trop pressé.

— Peut-être, dit Manoel, avec son éternel rire au fond des yeux bridés.

Je demandai :

— Où pouvons-nous passer le temps d'une façon agréable jusqu'à l'heure où arrivent les joueurs ?

— Il y a ici même une boîte de nuit, dit Manoel.

Ascenseur… couloirs… un autre ascenseur… nouveaux couloirs…

La salle, immense en soi, le paraissait encore davantage parce qu'elle était à peu près déserte. Cela n'empêchait pas l'orchestre de jouer sans répit des airs à danser. Et cela n'arrêtait pas un instant l'invitation au jeu. Car une étonnante machinerie prolongeait jusqu'en ce lieu éloigné et conçu pour des plaisirs plus légers, les antennes et les effluves du tripot.

Surplombant l'estrade qui servait aux musiciens, courait sur toute la longueur de la salle une frise où l'on voyait dans une alternance mystérieuse des chiffres allant jusqu'à 17, des séries de dés portant chacun un point différent, des inscriptions en anglais et portugais et des caractères chinois. À intervalles aussi réguliers et brefs que les éclipses d'un phare, une voix tonitruante et gutturale jaillissait d'un haut-parleur.

— Hoï ! hurla-t-elle.

Puis, à toute vitesse, elle débitait, en trois langues — chinois, portugais, anglais — des noms de couleurs et des combinaisons de dés et des rapports de chiffres.

En même temps, sur la frise placée au-dessus de l'orchestre — qui continuait de jouer mais en sourdine — s'illuminaient les cases qui correspondaient aux indications de la voix : c'est-à-dire que numéros, faces de dés, lettres chinoises et européennes flamboyaient quelques instants parmi les autres signes qui, eux, demeuraient éteints.

Ainsi se transmettaient, depuis les tables placées quinze étages plus haut et quarante couloirs plus loin, les nombres gagnants et leurs opérations complexes jusqu'à la salle de danse. Et les gens qui cédaient à leur tentation n'avaient qu'à faire signe à une des charmantes filles qui offraient sans cesse des carnets à souche, sur les feuilles desquels se trouvait reproduite la frise murale. On y marquait des chiffres, on donnait à la vendeuse employée par la maison la somme que l'on voulait risquer et aussitôt la grosse voix rauque s'élevait :

— Hoï !

Sur la frise s'allumaient les feux du hasard par quoi l'on apprenait les réponses de la chance.

Je me rendais bien compte que cette immense pièce, emplie d'une foule de danseurs, d'un peuple de joueurs, avec le va-et-vient des vendeuses de bonne ou mauvaise fortune, l'échange de l'argent, la rumeur des conversations, les *Hoï* du haut-parleur, les éclipses et les fulgurations des numéros, devait offrir à coup sûr un spectacle et un climat extraordinaires qui mariaient les liesses des établissements de nuit à la fête du jeu.

Seulement — ici encore — il n'y avait personne que les belles filles des carnets à souche, les changeurs, les serveuses et quelques entraîneuses désabusées.

J'essayai ma chance à trois reprises. Sans succès. Comme je ne comprenais rien aux règles qui m'avaient fait perdre, l'ennui me prit et je demandai à Manoel de retourner dans les salles du casino.

Elles s'étaient tout de même remplies, mais si chichement, si maigrement que, dans leurs vastitudes, les joueurs semblaient des ombres, des fantômes.

— Est-ce qu'il n'y a pas un autre établissement ? demandai-je à Manoel.

— Un seul, dit-il. Mais pour les pauvres.

Ce tripot, qui appartenait au même propriétaire que l'Hôtel Central, avait tous les stigmates d'un repaire.

On y arrivait par des ruelles obscures. Une porte basse ouvrait directement sur une longue pièce enfumée et sale, garnie de tables à dés. Les opérateurs, ici, étaient tous des hommes et des hommes vigilants, durs, musclés. Une trentaine de joueurs, tous Chinois, d'aspect misérable, tous vêtus des mêmes cottes bleues et coiffés des mêmes casquettes, suivaient d'un regard avide les tressaillements des dés.

— S'il y a tant de monde ce soir, dit Manoel, c'est à cause de la jonque-péniche communiste que le remorqueur a poussée de Canton jusqu'ici.

Je me rappelai la monstrueuse maison flottante que j'avais vue, le matin, arriver par la Rivière des Perles.

— Ces hommes, reprit Manoel, sont venus avec

elle et repartiront demain. Les jeux sont interdits en Chine… Alors…

Des têtes ravagées par la fatigue et la passion, des yeux fiévreux se tournaient vers nous avec hostilité. Ici, on n'aimait pas les spectateurs.

Nous retournâmes à l'Hôtel Central.

Dans l'énorme boîte de nuit, il y avait six clients. Le seul qui fût portugais pur sang allait, de temps à autre, chuchoter à l'oreille d'une vendeuse de carnets à souche. C'était, en vêtements civils, un des sous-officiers qui encadraient la troupe noire. Il n'avait pas le droit de jouer. Il le faisait clandestinement.

Ascenseurs… couloirs… ascenseurs.

Les salles de jeu ne s'étaient guère peuplées… Les femmes croupiers continuaient d'annoncer des chiffres dans le vide. Une seule table de fantan avait attiré une poignée de joueurs. Je reconnus les Sikhs barbus et criards qui avaient fait avec moi la traversée de Hong-Kong à Macao…

Si je m'arrêtai dans la pièce où se tenait la partie de loto, ce ne fut point à cause de quelques touristes qui suivaient ce jeu enfantin en buvant du thé. Ce fut pour le spectacle qu'offrait la grande estrade placée contre le mur. On y voyait une immense boule tout étincelante de verre et de métal, l'un dans l'autre imbriqués. Elle contenait une série de numéros sur papier brillant. Une fille parée de toutes les grâces naturelles et des artifices les plus délicats faisait manœuvrer un léger levier qui commandait la boule merveilleuse. Elle se mettait à tourbillonner. De ce tourbillon, jaillissait un numéro que l'opératrice passait à une autre jeune femme.

Celle-ci avait une extraordinaire beauté ; si noble et si grave et si charmante en même temps qu'elle semblait la fée des lumières et des chiffres. Elle était, me dit Manoel, métisse de père mexicain et de mère chinoise. Et quand sa voisine lui avait remis le numéro sorti de la boule magique, la jeune femme approchait son magnifique visage d'un microphone et se mettait à psalmodier en portugais, anglais et chinois, sur une même note aiguë et douce, les chiffres qui se fondaient en une seule et mystérieuse chanson.

Aussitôt, la grande boule éclatante qui reflétait toutes les lumières de la salle se mettait à tourner.

C'était ravissant… mais, à la longue, terriblement monotone. Je regardai ma montre. Il était deux heures du matin.

— Mais enfin, demandai-je à Manoel avec une exaspération sourde, quand donc arrive la foule des joueurs ?

— Jamais, dit Manoel.

Ses yeux riaient plus encore qu'à l'ordinaire.

— Il n'y a plus de joueurs à Macao, reprit-il. Cet établissement immense n'en voit jamais.

Je le regardai interdit… Quoi ! cette profusion

de lumières, de personnel, de musiciens, ces dépenses énormes… pour rien !

— Pas pour rien, dit Manoel. Pour la *face* !

— Mais qui peut se permettre ce luxe insensé ? m'écriai-je.

— M. Fu Tak Yan… dit Manoel. Il en a les moyens…

Je répétai machinalement :

— M. Fu Tak Yan…

— C'est une assez longue histoire, dit Manoel… Allons dans un endroit tranquille.

*

Tout près de la salle de loto, il y avait un petit bar où un pick-up dispensait une musique discrète.

La voix de la métisse mexicaine et chinoise qui chantait les chiffres sortis de la boule féerique arrivait, affaiblie, jusqu'à nous, comme une litanie du hasard.

Une serveuse à la jupe fendue apporta des whiskies.

Manoel but posément une gorgée, fixa sur moi ses yeux chinois qui, dans un visage latin, ne cessaient de rire et dit :

— Voici donc ce que tous les habitants d'ici connaissent de la vie de Fu Tak Yan, concessionnaire des jeux de Macao et que, pour plus de commodité, j'appellerai simplement M. Fu. Le prénom est très commun, mais il n'y a qu'un seul M. Fu qui compte à Macao. Et quand on parle de M. Fu, chacun comprend tout de suite de quel Fu il s'agit.

Manoel attendit que le pick-up achevât la mélodie qu'il jouait et en commençât une autre. Alors, il reprit :

— Aux environs de 1935, à Sam Cheen, qui se trouve à la frontière de la Chine et des Nouveaux Territoires de Kowloon, par où se prolonge la colonie anglaise de Hong-Kong, un Cantonais nommé Tak Chee Ting prospérait depuis longtemps. Il tenait un grand tripot où l'on venait, à des lieues à la ronde, jouer au majong et au fantan.

« Tak Chee Ting était vieux, honoré et très riche quand les troupes japonaises approchèrent de Sam Cheen. Pourquoi risquer de les attendre ? Tak Chee Ting passa la frontière avec toute sa fortune. Sous protection britannique, il était à l'abri.

« Or, Tak Chee Ting était accompagné non seulement de sa famille, mais aussi de son garde du corps préféré. Et cet homme, ce colosse plutôt, car il mesurait un mètre quatre-vingt-dix, n'était autre que Fu Tak Yan, c'est-à-dire notre illustre M. Fu actuel.

« Le tenancier de tripot Tak Chee Ting ne s'attarda pas dans la colonie de Hong-Kong. Ses talents y étaient sans emploi. La loi anglaise interdisait les jeux… Tandis qu'à Macao… »

Manoel se tut un instant, comme pour mieux laisser arriver jusqu'à nous les cris, les appels, les chants de toutes les femmes croupiers dont les voix retentissaient dans les salles situées autour du bar.

— Il faut d'abord que je vous explique le statut légal des jeux, poursuivit Manoel. Le gouvernement portugais met, tous les trois ans, leur concession aux enchères. Le plus offrant, quel qu'il soit, d'où qu'il vienne, l'emporte.

« L'année où Tak Chee Ting débarqua sur le quai de Macao avec bagages, famille, trésor et garde du corps, était justement une de celles où la concession retournait à la vente publique. Tak Chee Ting l'obtint. Il était allé, pour cela, jusqu'à offrir cent millions par an. Vous voyez qu'il avait apporté de Sam Cheen quelques économies.

« Le placement qu'il venait de faire n'était pas mauvais. Comme je vous l'ai déjà dit, l'invasion japonaise de la Chine a été un temps béni pour Macao. Tak Chee Ting n'était pas le seul Chinois riche à se réfugier à Hong-Kong, puis à Macao. Seulement, tandis que lui vivait du jeu, les autres s'y ruinaient avec passion, avec bonheur. À l'époque où Tak Chee Ting acheta la concession, au lieu des deux établissements de jeu que vous avez vus déserts, il y en avait ici plus d'une douzaine et qui, jour et nuit, regorgeaient de monde. C'était vraiment l'"enfer du jeu" que vous espériez encore trouver.

« En même temps fleurissaient toutes les autres débauches qui accompagnent toujours la débauche d'argent : les drogues, les femmes…

« Tak Chee Ting prospéra. Et, comme il voyait grand, il fit bâtir sur l'avenue principale le premier gratte-ciel de Macao : dix-sept étages de béton armé. Vous l'avez vu… C'est, à deux pas de l'endroit où nous sommes, le Grand Hôtel…

« Boîte de nuit, restaurant, des milliers de chambres, des centaines de jolies filles — les joueurs avaient tous leurs agréments sous le même toit…

« Le Grand Hôtel était à peine achevé que Tak Chee Ting, arrivé à un âge vénérable, mourut paisiblement. Ce fut alors que, surprenant tout le monde, se manifesta Fu Tak Yan qui n'était pas encore M. Fu. »

Manoel s'arrêta, parce que trois jeunes femmes chinoises, fort belles et gaies, traversaient le petit bar. Elles échangèrent, dans leur langue natale, quelques paroles affectueuses avec mon compagnon et sortirent dans un doux roulement de cuisses que leurs jupes fendues découvraient à moitié.

— Ce sont les entraîneuses les plus recherchées de la maison, dit Manoel. Elles font beaucoup d'argent et le perdent chaque soir ici même au fantan… On les reverra.

Puis Manoel poursuivit son récit.

— On savait bien que le géant qui servait de garde du corps à Tak Chee Ting s'enrichissait dans l'ombre de son grand patron — en particulier sur le marché de l'opium. Cependant personne à Macao ne soupçonnait que Fu Tak Yan était, en même temps qu'un homme de main redoutable, un étonnant requin d'affaires. Qui aurait pu le croire de ce colosse massif, à tête carrée, inculte, grossier, crachant sans cesse, illettré, ne parlant pas un mot d'anglais et grand fumeur d'opium lui-même ?

« Or, quand Tak Chee Ting eut été enterré avec la pompe convenable et que le gouvernement remit sa concession en vente, ce fut son ancien garde du corps qui, de surenchère en surenchère, obtint, pour plus de cent millions par an, les jeux de Macao.

« Et, pour bien montrer qu'il ne succédait pas à son ancien patron en héritier effacé, mais que, au contraire, il lui était supérieur par la "face", Fu Tak Yan entreprit de construire un autre gratte-ciel et, naturellement, plus haut que le premier. Voilà pourquoi cet *Hôtel Central*, où nous buvons maintenant, a trois étages de plus que le Grand Hôtel.

« L'Hôtel Central devint le tripot majeur de Macao et Fu Tak Yan devint M. Fu.

« Et comme les besoins de la guerre mondiale et les préparatifs de l'attaque japonaise développaient énormément les affaires, que marchands d'or, d'armes, de matières premières, de drogue et de femmes pullulaient, et que l'argent facile ruisselait aux tables de ma-jong, de dés et de fantan, M. Fu acquit une fortune immense.

« Il l'employa sagement. Il acheta des wharfs, des immeubles à Hong-Kong et aussi la compagnie de bateaux par où vous êtes venu ici et qui fait le service entre la grande île impériale et notre petite presqu'île.

« Après quoi les Japonais emportèrent Hong-Kong d'assaut. Il leur eût suffi d'envoyer une jonque de pêche pour prendre Macao. Toutefois, notre infime colonie, sans port, sans industrie autre que celle des jeux, ne les intéressait pas. Ils la laissèrent sommeiller. Sagement, M. Fu se mit en veilleuse. Il avait de quoi attendre. Il avait aussi de quoi s'occuper en famille. Il possédait quatre femmes, seize fils et deux douzaines de filles. Et puis la pipe et la lampe de fumerie.

« Mais son esprit d'entreprise se réveilla aussitôt que les Japonais durent quitter Hong-Kong.

« Avant de rendre l'île, les Anglais avaient coulé tous les bateaux, y compris ceux de M. Fu. Macao se trouvait coupée de Hong-Kong. Alors, M. Fu acheta une flotte de jonques et, le premier, rétablit le service entre les deux colonies.

« Vint le *boom* de l'après-guerre et l'afflux des

premiers réfugiés chinois, les riches — qui fuyaient le communisme. Ce fut une ruée vers les salles de jeu…

« M. Fu acheta de nouveaux docks, de nouvelles sociétés de navigation, de nouveaux immeubles à Hong-Kong. Sa réussite comblait tous ses vœux.

« Mais, sans doute, même l'homme le plus fort quand il avance en âge — et M. Fu avait bien dépassé cinquante ans — se met à éprouver des craintes irraisonnées sur sa fortune, surtout lorsqu'elle n'a été qu'une suite de succès. C'est dire que M. Fu essayait chaque jour davantage d'acquérir la faveur des puissances surnaturelles.

« Oh, bien sûr, M. Fu prenait depuis longtemps les précautions élémentaires contre les influences néfastes. Il ne laissait jamais la couleur rouge pénétrer dans sa maison, car elle est favorable aux joueurs. Il faisait les offrandes appropriées aux génies et aux démons… Mais cela ne lui suffisait plus. Il avait besoin d'un intermédiaire attitré, puissant, auprès des forces supérieures. Alors il se lia d'amitié avec le chef des bonzes, avec le grand prêtre de la Pagode consacrée à la Déesse de la Charité, la plus importante de Macao. Nous l'avons visitée ensemble… »

Je me souvenais, en effet, au milieu de beaux jardins tranquilles, d'un long temple harmonieux, aéré, couvert de tuiles polychromes où les statues de Bouddha portaient le sourire de la félicité sur leurs visages d'or.

— Le chef des bonzes, lui aussi, aimait l'opium, reprit Manoel. Et M. Fu qui, jadis, en avait fait commerce, pouvait lui en procurer et du meilleur.

« Un jour qu'ils fumaient ensemble dans les dépendances de la pagode, M. Fu pria son ami, saint et sage, de lui dire ce qu'il devait faire pour se ménager la protection de la chance. "N'use que de ma pipe", répondit le bonze. M. Fu la voulut aussitôt acheter. Mais le grand prêtre refusa les prix les plus extravagants. Il attachait à son tuyau de bambou imprégné d'opium une valeur mystique. M. Fu se vit donc obligé de venir plusieurs fois par jour à la pagode, afin d'y fumer la pipe du bonze. Pour simplifier les choses, il se fit construire sur un terrain tout proche un petit pavillon qu'un passage intérieur reliait à la pagode.

« Ainsi, il eut tout loisir de se voir gratifié par d'autres conseils inspirés.

« L'un d'eux — et le plus important, d'après le bonze — prescrivait à M. Fu, pour maintenir sa chance, de construire, construire sans arrêt. Et M. Fu obéissait, faisait bâtir immeubles, hangars, entrepôts, fabriques… Et le chef des bonzes poussait l'amitié jusqu'à lui désigner les entrepreneurs propices à son étoile… Entrepreneurs qui, naturellement, se faisaient un devoir d'apporter des offrandes au saint homme.

« Et M. Fu, l'ancien Fu Tak Yan, homme de main, nourri dans les trafics les plus subtils et les plus risqués, né avec le génie des affaires, le plus rusé, le plus soupçonneux, continuait de fumer avec le bonze, confiant, heureux...

« Et puis, comme il revenait un soir de la pagode à son petit pavillon, M. Fu disparut. »

L'arrivée dans le bar des Sikhs enturbannés et barbus avec lesquels j'avais fait la traversée de Hong-Kong à Macao et que j'avais retrouvés à une table de fantan interrompit les propos de Manoel. Je connaissais par expérience à quel point ces jeunes hommes pouvaient être bruyants. Et je redoutai un instant que leur vacarme ne m'empêchât de suivre le récit de Manoel avec l'attention qu'il méritait. Mais les revers du jeu, sans doute, avaient comme vidé les Sikhs de toute énergie. Ils demandèrent du thé et gardèrent un lugubre silence.

Les voix des femmes croupiers et de la magnifique métisse qui chantait — portugais, anglais, chinois — les chiffres du loto dans les salles voisines se mêlèrent aux mélodies étouffées du pick-up.

— Oui, M. Fu disparut, poursuivit Manoel.

« D'abord, on ne s'inquiéta point. Il était parti brusquement pour Hong-Kong, pensait-on. Mais les jours passaient et M. Fu ne donnait aucune nouvelle. Sa famille, ses amis, ses gardes du corps — il en avait maintenant à son tour — essayèrent de retrouver sa trace. En vain. La police, alertée, fut également impuissante. L'énorme M. Fu, qui mesurait un mètre quatre-vingt-dix et pesait cent quarante kilos, s'était évanoui entre la pagode de la Déesse de la Charité et son pavillon de repos — seul passage où il s'aventurait sans escorte.

« Enfin, par une nuit noire, un messager mystérieux se présenta dans la belle maison verte — couleur défavorable aux joueurs — que M. Fu possédait au bord de la mer. Et l'homme déclara que M. Fu avait été enlevé par des hommes prêts à tout si on ne leur versait pas une rançon… fixée à un million de dollars locaux — c'est-à-dire soixante-dix millions de francs.

« La somme était considérable — même pour les proches de M. Fu. Ils demandèrent à réfléchir, voulurent marchander… Alors, à la fin de la semaine, un petit paquet leur parvint qui contenait un morceau de l'oreille gauche de M. Fu. Puis, comme les atermoiements continuaient, arriva un autre morceau, enfin le reste de l'oreille…

« La police, aux abois, conseilla de céder. Ainsi fut fait. On remit le million de dollars au messager des bandits. Le lendemain matin, après trois mois d'absence, M. Fu, une oreille en moins, revint chez lui.

« En même temps, l'adjoint en chef de la police de Macao, qui avait toute la confiance du gouverneur lui-même, demanda un congé pour aller à Hong-Kong. Il n'en revint plus. C'était lui qui avait monté, dirigé l'enlèvement, détenu M. Fu dans une maison louée à cet effet en pleine ville, dirigé les recherches et conseillé de payer la rançon.

« Il fut d'ailleurs retrouvé quelque temps après — car Hong-Kong est une trappe — et condamné à vingt-huit ans de prison. »

— Quelle histoire ! m'écriai-je.

— Attendez, ce n'est pas fini, dit Manoel en riant, cette fois, aussi bien des lèvres que des yeux.

« M. Fu reprit son existence comme auparavant, sauf deux modifications. Il n'allait plus fumer au Temple de la Déesse de la Charité — on n'a jamais pu définir le rôle du bonze dans l'enlèvement — et quand il se faisait photographier — ce qu'il aime beaucoup —, il tournait légèrement la tête, de façon à dérober le profil sans oreille.

« Et puis, tout récemment, un de ses fils disparut également sans laisser de trace. Il avait, lui aussi, été enlevé. Et, pour lui aussi, la rançon exigée était de un million de dollars. Mais cette fois les ravisseurs avaient affaire non plus à la famille de M. Fu, mais à M. Fu lui-même. Et quand M. Fu reçut un morceau de doigt, en guise d'invitation à payer, il répondit avec sérénité qu'il ne céderait point, même si on lui envoyait la main et le bras de son fils captif. Car il en avait quinze autres — ce qui, pour ses vieux jours, lui suffisait…

— Et alors ? demandai-je.

— Eh bien, on transigea, dit Manoel. À moins du dixième… Les bandits se contentèrent de six cent mille francs.

« Mais, aujourd'hui, M. Fu, en plus de ses gardes du corps personnels, emploie pour sa protection des policiers éprouvés. Et il ne sort jamais sans revolver. Il tire admirablement. Mais tout de même moins bien que sa deuxième femme — son épouse préférée. Elle lui sert aussi de chauffeur et conduit toujours en trombe. C'est une personne redoutable, dure comme un clou d'acier. »

Les Sikhs étaient partis. Le barman sommeillait… Dans les immenses salles de jeu peuplées seulement par le personnel du tripot géant, résonnaient les appels des femmes croupiers…

Manoel me dit :

— Voilà où en est arrivé, à soixante et un ans d'âge, entre quatre femmes, une quarantaine d'enfants, une demi-douzaine de voitures américaines, des affaires énormes et ses pipes d'opium, la vie de M. Fu, seigneur de Macao.

IV

La grève des artificières

La colonie de Macao, outre la presqu'île dont elle tirait son nom et qui en était le territoire principal, comprenait encore deux îles toutes proches.

La plus grande, qui s'appelle Coloane, pratiquement inhabitée, et demeurée presque sauvage, ne devait guère avoir changé depuis le temps où elle avait été donnée par un empereur chinois aux hardis navigateurs portugais qui furent les premiers Européens à pousser aussi loin leurs caravelles.

L'autre île, Taïpa, portait les témoignages d'une organisation plus évoluée.

Le directeur du plus grand journal de Macao, un hebdomadaire catholique dont le tirage avoisinait mille exemplaires, petit homme cultivé et fin, mais d'une mélancolie pathétique d'intellectuel en exil, m'avait transmis l'invitation de l'administrateur de Taïpa à visiter son domaine. Le lendemain, le secrétaire de ce dernier vint me prendre, dans un canot à moteur, manœuvré par deux marins chinois.

Il était Portugais sans aucun mélange de sang — fait très rare à Macao — jeune, aimable, fiancé à une jeune fille dont il parlait avec exaltation et passionné de bateaux à voile. Ce fut le thème principal de sa conversation pendant le trajet de Macao jusqu'à Taïpa, cependant que, suivant la marche lente de notre embarcation, se développait le paysage magnifique des îles et des jonques, indéfiniment répété et toujours nouveau.

Le jeune homme dénombrait les brises, les ancrages, les courants de la baie, et moi, regardant les jeux du soleil sur l'eau, l'écume, les rocs et le vieux bois patiné des jonques, je l'écoutais assez distraitement. Soudain, son propos retint mon attention.

— La connaissance de ces éléments est ici tout aussi importante que l'habileté à manœuvrer, disait-il. Nous ne possédons, en fait, nous autres Portugais, qu'un assez étroit chenal pour naviguer librement. Toutes les îles, sauf Taïpa et Coloane, sont chinoises, donc communistes et les eaux qui les baignent sont leurs eaux territoriales. La moindre faute à cet égard, la plus légère, le plus involontaire empiètement entraînent des risques très graves.

— Mais comment peuvent-ils savoir ? demandai-je. Toutes ces îles sont désertes.

— Ne croyez pas cela, s'écria vivement le jeune homme. Chacune d'elles possède son poste d'observation et de contrôle... Regardez vous-même.

Il me passa des jumelles. Et, dans leurs verres, je vis en effet, sur l'île qui défilait en ce moment devant nous, deux gros cubes blancs qui étaient des blockhaus et, entre eux, un groupe de petits hommes armés, dont certains veillaient à des lunettes d'approche.

— Cette île est la plus importante de l'archipel local, reprit le jeune fonctionnaire. En plus des installations militaires, elle porte la maison de la douane. Toutes les jonques de Macao qui pêchent en eaux chinoises doivent s'y arrêter et payer la taxe prescrite. Aucun patron pêcheur ne songe à se dérober. Les sentinelles communistes ont de bons yeux et leurs mitrailleuses sont bien ajustées.

Maintenant que j'avais été prévenu, je décelai sans peine sur tous les îlots, sur tous les rocs, même les plus sauvages, des bâtiments de veille et des guetteurs attentifs.

— Leur système de transmission est très au point, dit le jeune homme épris de navigation à voile. À la plus petite alerte, une vedette rapide et fortement armée part en chasse. Un capitaine de chez nous en a fait l'expérience.

Notre canot fit une brusque embardée sur la

gauche. Il avait effleuré les eaux territoriales chinoises… Mon compagnon poursuivit :

— Ce capitaine était employé dans nos services secrets. Mais, dans ses moments de loisir, il apprenait la manœuvre à la voile. Nous avons, à Macao, un petit yacht-club dont je suis un des fondateurs. En cette qualité, je servais d'instructeur au capitaine. Et, comme il était encore novice, je lui avais bien recommandé de ne pas sortir du bassin, quand il était seul à bord. Un matin, oubliant ou négligeant mon avis, il s'aventura dehors. Il était allé assez loin, lorsque le vent mollit tout à coup. Il fallait une autre science que la sienne pour s'en servir. Son petit bateau se trouva entièrement à la merci du courant qui était très fort dans les parages où il naviguait et orienté vers la grande île communiste. Une vedette chinoise ramassa le capitaine.

— Pour un officier des services secrets, dis-je, le coup n'était ni heureux, ni adroit.

— Le capitaine a payé cher son imprudence. Il a fait trois ans de prison à Canton. De temps à autre, on l'en faisait sortir pour le promener à travers les rues, portant un écriteau infamant. Puis il recevait quelques coups de bambou… Il vient seulement d'être libéré.

*

Nous touchions au terme de la brève traversée. Le canot accosta dans une anse de courbe douce, contre la jetée de Taïpa, primitive, faite de morceaux de roc grossièrement assemblés. Sur la droite, des huttes formaient vaguement deux ou trois rues et, amarrées au rivage, se balançaient des jonques assez misérables.

Outre ce hameau d'humbles pêcheurs, l'île, qui était d'une faible superficie, portait un seul village. Le centre en était marqué par une très vieille petite église, charmante et surannée. Quelques bâtiments publics s'élevaient dans les environs immédiats.

La plus belle maison, située sur une légère éminence, était spacieuse, bien aérée, plaisante. Sa terrasse donnait sur un beau paysage tranquille d'arbres, de cultures et de fleurs. Au fond, une brousse aux buissons éclatants poussait sur les collines. Dans cette demeure résidait l'administrateur de Taïpa.

C'était un homme jeune, court, rond, aux joues pleines, aux yeux très noirs et saillants, d'une grande activité et enclin aux discours. Il me reçut avec une amabilité extrême.

Nous fîmes, dans sa voiture que conduisait un sous-officier de police, très métissé de Chinois, le tour de l'île.

L'administrateur me montra les points de vue, toujours magnifiques en cette baie hantée de rochers verdoyants et de voiles. Il me fit visiter les travaux qu'il avait ordonnés pour développer le réseau routier et construire des édifices nouveaux. Tout cela portait sans doute la marque d'une intelligente et ferme volonté, mais n'offrait pour le voyageur qu'un intérêt assez mince. Et je pensais déjà que je n'étais point venu à l'extrême pointe de l'Asie afin d'admirer des chantiers, lorsque l'administrateur, qui avait gardé la surprise pour la fin, déclara avec un peu de solennité :

— Vous allez voir ce qui fait la gloire de Taïpa : ses fabriques de feu d'artifice.

J'appris alors que cette toute petite île perdue de la baie de Canton, faiblement peuplée, infertile et ingrate, était réputée dans deux continents pour les raquettes crépitantes, les fusées magiques, les soleils tournoyants, les pluies d'étoiles embrasées qui s'épanouissent au ciel, dans les nuits de célébration et de joie.

Pendant des siècles, la Chine avait été la grande cliente de cette industrie du merveilleux. La Chine où pas une fête, pas une cérémonie, pas une réjouissance ne pouvait se dérouler — fût-ce dans les provinces les plus lointaines — sans joindre aux astres véritables les astres par l'homme inventés. Il fallait, sous peine de condamner une vie ou un couple au malheur, étoiler de feux célestes chaque naissance, chaque mariage et chaque anniversaire. C'était plus qu'une coutume et même qu'une superstition. C'était un rite, une nécessité.

Ensuite la renommée de Taïpa s'étendit jusqu'aux États-Unis et ses fabriques dispensèrent alors les mêmes illuminations au ciel nocturne de la Californie qu'à celui du Sé-Tchouang.

Au temps où les manufactures de féerie travaillaient à plein rendement, elles employaient des milliers de personnes. Mais depuis que le communisme avait fermé à ce commerce les portes de la Chine, le marché américain était devenu la seule ressource. Et, même là, les commandes avaient diminué de volume, à cause des difficultés de douane, motivées, disait-on, par les journaux chinois qui enveloppaient les envois et dont les autorités américaines craignaient qu'ils ne fussent de la propagande. Si bien que le nombre des ouvriers s'était réduit à quelques centaines.

Ou plutôt des ouvrières...

Car c'étaient des femmes qui, dans une très forte proportion, exécutaient l'ouvrage. Il y fallait en effet des doigts d'une légèreté, d'une adresse, d'une subtilité singulières.

Celles que je vis dans la première fabrique dont un gardien à l'œil dur ouvrit précautionneusement la lourde porte, étaient répandues par groupes à travers une vaste cour — tantôt à l'ombre d'un mur, tantôt sous un arbre. Elles étaient assises en rond à même le sol et, au milieu de leur cercle, reposait une assez grande pièce de bois épais, entourée de rebords hauts de quelques centimètres. On eût dit une boîte profonde et sans couvercle. Elle était taillée en octogone, selon la forme exacte des cellules dans une ruche d'abeilles. Et, de même que les cellules des ruches, elle contenait une trame serrée d'alvéoles minuscules.

Les femmes, suivant une cadence rapide, fixe et comme inexorable, emplissaient de tout petits tubes avec la poudre destinée à illuminer les fêtes et les liesses publiques, glissaient chaque tube dans l'une des alvéoles, puis inséraient dans ce tube une très mince ficelle qui devait bourrer l'infime réceptacle, afin d'empêcher les risques d'explosion. C'était la partie la plus délicate de ce travail d'insecte. Car, pour façonner le bouchon, il fallait marteler la ficelle jusqu'à ce qu'elle devînt un tout petit matelas compact. Si les coups des légers maillets de bois employés à cet effet étaient trop faibles, trop prudents, le bouchon n'était pas assez dense. Mais si les coups étaient trop forts, trop vifs, tout risquait de sauter au visage des ouvrières.

Cependant elles ne montraient aucune crainte et même, semblait-il, ne prêtaient aucune attention à leurs mouvements, tandis qu'elles frappaient, frappaient, frappaient sans répit et très vite, à petits coups précis et faibles sur les alvéoles de la cellule.

Ces femmes étaient de tout âge. La plus vieille avec ses mille rides, ses cheveux blancs si rares que la peau du crâne se voyait à travers, avec sa bouche complètement édentée et son menton tremblant, pouvait être centenaire. La plus jeune avait l'air d'une enfant. Mais toutes les mains étaient douées de la même sûreté, de la même sensibilité surprenantes. Et les maillets voletaient, suivant la même cadence. Et un roulement léger, un martèlement ailé remplissait la cour.

— Ce sont des acrobates, des artistes, me dit l'administrateur de Taïpa.

— Elles sont sans doute très bien payées ? demandai-je.

— Pas tellement, dit l'administrateur. Deux dollars par jour.

— À peine cent trente francs ! Pour un travail si dangereux.

— Pas tellement, dit l'administrateur. Les accidents sont rares.

Le surveillant chinois aux yeux durs intervint alors :

— Le grand danger, dit-il, est pour ceux qui mélangent le soufre et le salpêtre. Mais nos précautions sont bien prises. Venez voir.

Le surveillant nous mena dans un enclos où s'élevait une file de petites maisons en pierre. Chacune était séparée de la voisine par un mur épais de béton.

— Les hommes travaillent à deux par maison,

dit le surveillant. Ils sont complètement nus, pour éviter d'introduire à l'intérieur toute matière qui risque d'enflammer le mélange par le moindre frottement. Si, malgré cela, une explosion se produit, elle ne peut pas faire sauter le reste, à cause des murailles en béton. Il n'y a que deux hommes perdus… Mais ces travailleurs, eux, n'ont pas à se plaindre : ils reçoivent vingt dollars par jour.

C'était, en effet, pour le pays, un très haut salaire : trente-cinq mille francs par mois environ…

*

Nous reprîmes la voiture de l'administrateur, conduite par le sous-officier de la police et allâmes voir une autre fabrique, de beaucoup la plus importante dans Taïpa.

Elle tirait de sa situation et de son aménagement une étrange beauté, car les bâtiments y étaient disposés autour d'un grand étang à forme de rectangle, sur les bords duquel poussaient en abondance des fleurs vives et des arbres riches en ombrage. Avec les groupes de femmes répandus sur l'herbe et le martèlement léger qui semblait sourdre de leurs doigts si habiles, la première impression que donnait cette manufacture de feux d'artifice était toute de fraîcheur, de grâce, de charme et de bien-être.

Le patron de la fabrique, un Chinois obèse, à la bouche serrée, mais qui savait pourtant sourire avec servilité à l'administrateur de l'île, nous vanta son installation.

Mais il suffisait, hélas, d'étudier un instant le visage des femmes au travail pour voir leur misère physiologique, leur expression éteinte, morte. Et il suffisait de passer devant les maisons d'habitation qui servaient de fond au lac enchanté pour se rendre compte qu'elles étaient abjectes et surpeuplées d'enfants et de vieillards affamés.

L'administrateur de Taïpa tourna son dos robuste à ce taudis et considéra avec complaisance le paysage idyllique formé par les eaux tranquilles de l'étang et les taches vives des fleurs et des vêtements des ouvrières.

— C'est vraiment charmant, dit-il, parlant surtout à lui-même.

Puis il se tourna vers moi pour reprendre sur un ton d'incrédulité naïve :

— Eh bien, malgré ces conditions de travail si plaisantes, les femmes que vous apercevez là ont voulu faire grève.

Le patron obèse hocha la tête d'un air scandalisé. Le jeune secrétaire de l'administrateur haussa les épaules, et je demandai quelques précisions sur l'incident.

L'administrateur se fit un plaisir visible de le raconter en détail.

— Je vous ai dit, commença-t-il, que les explosions dans nos fabriques sont rares. Mais, fatalement, il s'en produit de temps à autre. L'an passé, par la faute de quelque ouvrière trop pressée, ou trop fatiguée, un coup de maillet trop fort a fait sauter la poudre… Il y a eu une dizaine de femmes tuées…

L'administrateur soupira :

— Vous savez que, à Macao, nous sommes forcés — la Chine est trop proche et trop puissante — de tolérer les communistes, leurs syndicats et même leurs drapeaux. Je ne pouvais point, par conséquent, interdire à leurs agitateurs de venir ici. Résultat : ils ont fait leur propagande… ils ont raconté aux ouvrières que, pour les dangers qu'elles couraient, leur salaire était insuffisant…

— Toujours deux dollars ? demandai-je.

— Évidemment, dit le Chinois adipeux. C'est le prix qui se pratique partout.

— Bref, poursuivit l'administrateur, les délégués communistes persuadèrent ces pauvres femmes qu'elles devaient se mettre en grève pour obtenir davantage. Quand je fus informé de l'affaire, je la considérai d'abord comme une plaisanterie. Ces bonnes braves ouvrières, ces pauvres créatures — une grève… allons donc ! Mais les agitateurs avaient réussi vraiment à leur enfler la tête. Le lendemain de l'explosion, aucune ne voulut travailler.

L'administrateur fit un grand geste par lequel il voulait manifestement exprimer que, dès ce moment, il s'était attendu à tout dans la vie.

— Devant cette attitude inconcevable, reprit-il, j'ai fait réunir toutes les ouvrières dans un bureau et je leur ai dit très gentiment, paternellement, de retourner au travail pour le même salaire. Je connais bien les gens d'ici… je sais les prendre… La preuve est que beaucoup de ces pauvres femmes pleuraient… Elles ont promis de m'écouter… Mais les dangereux agitateurs n'avaient pas regagné Macao. Ils ont retenu les ouvrières… Alors j'ai pensé — je les connais bien, les pauvres — que si quelques-unes seulement recommençaient leur tâche, toutes les autres suivraient, par crainte de se voir remplacées… Vous comprenez, ce n'est pas les sans-travail qui manquent. Mais — le croirez-vous — même les femmes à qui j'avais rendu service ont refusé… Elles pleuraient, mais refusaient… À cause des agitateurs, naturellement…

« Je commençais à être très ennuyé, et même désespéré, quand, enfin, la bonne idée m'est venue. Vous avez vu mon chauffeur, le sous-officier de la police, il m'est tout dévoué. Or sa femme et sa belle-sœur travaillaient à la fabrique. Sur mon ordre, ce chef de famille — et ici leur décision est loi — a renvoyé les deux femmes au travail. Ce que j'avais prévu est arrivé.

Les autres ouvrières ont eu peur de perdre leur paye et sont toutes revenues. »

Un sourire d'homme qui a bien accompli sa tâche illuminait les joues rondes et douces de l'administrateur de Taïpa et se répercutait avec une nuance d'admiration sur les traits flasques du patron chinois et la maigre figure du secrétaire portugais.

Quant à moi, je n'osais considérer l'administrateur en face. C'était un fonctionnaire consciencieux et aimable, bon époux et bon père. Et il était fier, sincèrement, honnêtement fier de cette manœuvre…

Le regard perdu vers les ouvrières affamées qui faisaient voleter sans répit leurs maillets en risquant leur vie pour illuminer le ciel d'astres féeriques, je demandai :

— Est-ce que le gouvernement a un intérêt dans la fabrique ?

— Pas du tout, dit l'administrateur. Ce que j'ai fait était purement désintéressé… Je suis contre les mauvaises habitudes.

Il leva les yeux vers le ciel fin et doux…

— La preuve que j'avais raison, s'écria-t-il, c'est que, pour remplacer les ouvrières tuées par l'explosion, il s'est présenté cent femmes… Je vous le dis : les Chinois sont étranges… ils ne tiennent pas à leur vie.

V

Le contrebandier des chiens

Quand, au soir, je revins de Taïpa, Manoel m'attendait de nouveau sur le quai de Macao. Mais, à présent, il n'était plus un inconnu pour moi. J'avais appris à aimer le rire qui ne cessait d'habiter son regard, car je savais que sa gentille moquerie était faite surtout de sagesse et de courage.

Manoel dut sentir cette amitié naissante. À la terrasse du café d'où nous regardions les couleurs et les jonques du crépuscule jouer entre les rivages de l'archipel, il parla de l'existence qu'il menait. Comme tous ses propos, celui-ci avait le tour le plus détaché, le plus simple et parfois le plus ironique.

— Ici, dit-il, on ne vit pas… on vivote. Macao le veut ainsi… La colonie a eu ses époques de grandeur… de fièvre… de fortune. Elle a été la première terre européenne dans ces parages. Au cours de toutes les crises, elle a servi d'asile… Grands marchands anglais, durant la querelle de l'opium… révolutionnaires chinois, comme Sun Yat-Sen, sous la dernière impératrice de Pékin… victimes de l'invasion japonaise… de la révolution communiste, ils ont tous pris refuge à Macao. Il y a eu des années de jeu dément, de contrebande massive, de vaste débauche… Et puis le sommeil est venu — charmant, délicat… tout ce que vous voudrez — mais un sommeil léthargique… Vous avez vu par vous-même.

Je tâchai de rassembler en une seule image les monuments surannés, les rues paisibles, l'engourdissement du quartier chinois lui-même, le désert des salles de jeux, l'étroitesse de l'arche qui menait à la Chine et sous laquelle veillaient des soldats noirs venus de l'Afrique lointaine — et le terme employé par Manoel me parut le plus exact : Macao était plongé dans une douce léthargie.

— Oh, je ne suis pas injuste, reprit Manoel. L'ordre et la propreté sont exemplaires. On a construit des maisons décentes pour les réfugiés. Personne, ici, n'a vraiment faim, ce qui, croyez-moi, est rare en Extrême-Orient. Les institutions charitables sont nombreuses. Religieux et religieuses s'en occupent avec dévouement. C'est la tradition séculaire de Macao. Le clergé y est aussi puissant, par là même, que le gouverneur. Tout est réglé par les cloches des vieilles églises. Et c'est très bien comme cela… pour qui accepte la routine d'une très petite province perdue…

« Mais essayez de vous aventurer hors de l'étroit chemin, de montrer quelque audace, tempérament, indépendance… Vous serez étouffé, écrasé tout de suite… Et sans recours. Ici, un gouverneur, un général, un évêque sont véritablement tout-puissants. Lisbonne se trouve à des milliers et des milliers de kilomètres. Les liaisons ne se font que par bateaux rares et lents. Nous sommes ici au bout du monde. Alors imaginez comment l'ennui, la solitude, le climat et le sentiment d'un pouvoir absolu peuvent agir parfois sur les hommes… et pensez au sort des gens qui, placés sous leur coupe, ont eu le malheur de leur déplaire : le sous-officier, le fonctionnaire subalterne, le jeune prêtre.

Les yeux de Manoel riaient toujours, mais sa voix était moins légère qu'à l'accoutumée.

— Sans doute, continua-t-il, le sang chinois que portent plus ou moins dans leurs veines tous les habitants portugais de Macao rend à la plupart d'entre nous l'acceptation, la résignation faciles. Les autres n'ont que deux issues : entrer dans les Ordres ou partir.

« Prenez ma famille… Nous étions trois frères… L'aîné est instructeur pilote aux États-Unis… il s'était engagé dans l'aviation américaine de Chine pendant la guerre… Le cadet, franciscain, parle huit langues, enseigne, écrit des livres… C'étaient deux hommes énergiques

— chacun dans son domaine. Tandis que moi... »

De nouveau le ton de Manoel et l'expression de tout son visage étaient devenus aussi vifs et moqueurs que son regard. Lui, il s'était fait une existence à l'image, à l'échelle de Macao, tranquille, réduite et contente de peu. Mais, comme il ne voulait dépendre de personne, il pratiquait de petits métiers indépendants : comptable un jour, courtier un autre, traducteur un troisième. Sa femme, chinoise, avait suivi des cours d'infirmière et assumait des gardes de nuit. Ils vivaient assez bien. Pour le reste, c'est-à-dire l'amusement, Manoel se contentait de l'éternelle comédie que lui donnaient ses semblables.

— Je ne me plains de rien, poursuivit Manoel. Si je végète à Macao, c'est que je l'ai voulu ainsi. J'aurais pu m'échapper... Et même je me suis échappé une fois... En effet, comme interprète, j'ai suivi pendant la guerre un groupe d'aviateurs américains en Birmanie et en Chine...

Manoel rêva un instant et je vis se dessiner sur sa figure peu à peu le sourire qui annonçait toujours un récit étonnant.

— Vous avez des souvenirs de campagne ? demandai-je.

— De fin de campagne surtout, dit Manoel. Quand le Japon s'est rendu, nous étions — c'est-à-dire le groupe de chasse américain auquel j'étais affecté — sur le terrain de Koul Min. Le plateau avait deux mille mètres d'altitude et se trouvait aux confins des pays birman et chinois. On y avait une vue immense et, comme c'était la saison où fleurissent les pavots blancs — les pavots de l'opium — et que cette région en est toute semée, le terrain semblait flotter sur un océan merveilleux couleur de lait…

« Mais cela ne suffisait pas à distraire les pilotes et mécaniciens américains… Ils s'ennuyaient à mourir…

« Et cependant quel confort, quel luxe dans leurs installations !

« Pour les pauvres paysans chinois des alentours, et même pour un modeste citoyen de Macao tel que moi, cela paraissait incroyable, insensé. Après tout, ces hommes n'étaient que des soldats. Et ils avaient, sur un plateau perdu, au milieu d'une population primitive, des frigidaires et des cinémas, des machines à laver et des machines à fabriquer des brioches, et des bibliothèques et des salles de jeux.

« Mais un enfant gâté veut toujours davantage. Si bien que les aviateurs de Koul Min réclamèrent un piano.

« Or, à ce moment, l'état des routes détrempées par les pluies de la mousson empêchait les gros transports et, d'autre part, le terrain, aménagé pour des appareils de chasse, était trop petit pour les avions cargos.

« Un beau jour, j'ai vu un énorme appareil

de frêt survoler Koul Min, sa soute s'ouvrir et, soutenu par une armée de parachutes, un piano descendre vers le terrain. J'ai vu cela de mes yeux... Les aviateurs américains hurlaient de joie, tiraient des coups de revolver... Une semaine plus tard, ils avaient détraqué le piano... »

Manoel se renversa légèrement dans le fauteuil de rotin et contempla les passants et les *rickshaws* qui défilaient devant la terrasse du petit café. Ses yeux étaient encore plus gais qu'à l'ordinaire.

Je lui demandai :

— C'est à Koul Min que s'est terminée votre carrière d'interprète militaire ?

— Oh non, s'écria Manoel. Et c'est une chance ! J'aurais manqué le plus beau spectacle de ma vie...

Il secoua la tête lentement comme s'il avait peine à croire aux images qui lui revenaient à la mémoire. Puis il poursuivit :

— Quand la paix fut bien établie, le groupe de Koul Min reçut l'ordre de gagner un nouveau terrain, aux environs de Canton. Les pilotes s'envolèrent et le reste du personnel s'entassa dans les camions.

« Nous n'étions pas les seuls à opérer ce mouvement. Les troupes chinoises de la région frontière l'exécutaient aussi et selon le même itinéraire. Et comme notre convoi roulait sur une chaussée terrible, nous n'allions pas beaucoup plus vite que les files interminables des soldats qui cheminaient des deux côtés de la route.

« À droite marchait la fleur et la gloire des combattants de Tchang Kaï-Chek, la Ire armée chinoise, habillée des pieds à la tête et fournie dans les moindres détails par les Américains — c'est-à-dire avec magnificence.

« Sur notre gauche s'étiraient d'autres régiments d'élite, ceux de la 155e division. Mais leur équipement venant des Russes, sa principale caractéristique était le long fusil soviétique, prolongé par une baïonnette immense.

« Tous ces hommes, après une si longue, dure, et victorieuse campagne, éprouvaient le besoin de se détendre.

« À cet effet, la Ire armée choisit le jeu. La maigre solde n'y suffisait pas. Alors on commença de vendre les mulets de bât aux villages pour la boucherie. Sans mulets, à quoi bon garder des chargements impossibles à porter. On les vendit. Puis vint le tour des capotes, des vareuses, des chaussures... Quand elle arriva enfin aux faubourgs de Canton, la Ire armée, orgueil de la Chine nationaliste, n'était plus qu'une bande de va-nu-pieds.

« Sur la droite de la route, la 155e division, elle, s'adonnait à l'opium. Il faut vous dire qu'elle avait livré combat dans le pays le plus fécond en pavots blancs. Elle y avait pris des habitudes. Si bien que, au début, lorsque les soldats se donnaient encore la peine de garder leurs armes, ils portaient sur une épaule le fusil russe à longue baïonnette et sur l'autre une pipe à opium tout aussi longue.

« Peu à peu, leurs provisions de drogue fondirent en fumée. La marche, en effet, était lente à travers toute la Chine du Sud. Il fallut renouveler les stocks. Et à mesure que l'on s'éloignait des régions productrices, l'opium devenait plus cher. Alors, la 155e division fit comme la Ire armée. Elle vendit son équipement, son ravitaillement, ses uniformes... Et arriva, glorieusement nue, elle aussi, jusqu'aux faubourgs de Canton.

« Les deux troupes établirent leur camp de chaque côté de la route. Et, pour rattraper les dépenses du chemin, celui de la Ire armée devint un tripot gigantesque et celui de la 155e division une énorme fumerie. Les Cantonais, que l'occupation japonaise avait sevrés de tous les plaisirs, y couraient en foule. Quel policier aurait eu l'audace de venir troubler le commerce des guerriers triomphants ? »

Ayant achevé ce récit qui expliquait en partie la facilité avec laquelle quelques mois plus tard les bataillons communistes mirent ces mêmes troupes en déroute, Manoel soupira doucement :

— Je pense que cet exemple acheva d'épuiser ce qui me restait d'énergie. Canton est tout près de Macao. Je suis revenu ici pour quelques jours et m'y voilà encore.

Il était temps de regagner mon hôtel. Je devais y dîner avec un journaliste portugais fixé à Macao. Nous y allâmes en flânant.

Manoel me fit admirer en route les beaux arbres aux larges feuilles très vertes, qui ombrageaient toutes les promenades. On les appelait, disait-il, les arbres de San José. Les premiers missionnaires portugais les avaient importés des Indes au XVIe siècle. S'ils s'étaient multipliés de la sorte, c'est qu'il suffisait de planter l'une de leurs nombreuses branches pour qu'elle devînt un nouvel arbre. Dans tout l'Extrême-Orient, il n'y en avait qu'à Macao…

Un peu avant d'arriver à mon hôtel nous passâmes devant un groupe de bâtiments très singuliers. Il était composé de six maisons basses exactement pareilles et peintes en vert pâle. Une clôture de fils de fer barbelés isolait cette espèce de petit village qui tenait de la forteresse. Manoel inclina la tête avec une vénération ironique et dit :

— Ça, c'est la *Villa Verde*… L'homme qui l'a fait construire pour lui et ses fils et ses filles fait partie de la Sainte-Trinité de Macao. Mais il est encore plus riche et plus influent que M. Mo Yen, le marchand d'or, et que M. Fu, le marchand de jeux. Il est né dans l'île de Timor, d'une mère chinoise et d'un père mal connu. Quand il était enfant, un docteur portugais l'a pris en affection, adopté, amené à Macao. Il est devenu conseiller aux affaires économiques, poste mal payé, mais plein de ressources pour un esprit intelligent au commerce. L'enfant de Timor, devenu un homme trapu, très chinois d'aspect, le montra bien en faisant une fortune énorme. Il n'a qu'une faiblesse : celle de se croire un génie musical. Il compose des mélodies horribles et, comme il possède ici le poste de radiodiffusion, les inflige aux auditeurs plusieurs fois par jour. Ce travers ayant été raconté par un grand magazine américain, le dictateur de la Villa Verde a fait acheter tous les numéros parvenus à Hong-Kong. Aussitôt le bureau local du magazine a commandé 25 000 nouveaux exemplaires et les a proposés à l'auteur malheureux... Depuis, on le joue tout de même un peu moins à la radio...

Nous étions arrivés au seuil de mon hôtel. Ce fut là que Manoel voulut prendre congé de moi.

— Quoi ! Nous ne dînons pas ensemble, m'écriai-je, profondément surpris et déçu. Et c'est ma dernière soirée de Macao.

— Vous ne serez pas seul, me rappela doucement Manoel. Et je vous rejoindrai ensuite...

L'amitié que j'avais pour lui me rendit pressant et peut-être indiscret. Je dis :

— Votre femme est libre ce soir ? Amenez-la !

— Merci, dit Manoel. Mais ce n'est pas ça.

Ma femme, au contraire, est prise à l'hôpital plus tôt que d'habitude.

— Et vous n'avez pas d'enfants, insistai-je. Alors ?

Manoel, d'un mouvement un peu enfantin, infléchit ses épaules d'athlète, pour dérober son visage.

— Ce sont mes chiens, dit Manoel. Ils doivent dîner.

Comme il ne m'avait jamais parlé de ses bêtes, je demandai avec étonnement :

— Vous aimez tant vos chiens que vous les nourrissez à heure fixe ?

Manoel me regarda de nouveau bien en face et je vis dans ses yeux bruns les étincelles du rire danser comme à l'ordinaire.

— C'est eux plutôt, répondit-il, qui me nourrissent.

Je commençai à comprendre et dis :

— Vous avez un élevage.

— Oh, un élevage à l'échelle, la toute petite échelle de Macao, répliqua Manoel. J'ai deux couples, c'est tout… Et pour les vendre je deviens contrebandier… Oh, également, à l'échelle de Macao.

Il s'appuya commodément contre le mur de l'hôtel et, tout son visage illuminé par l'ironique vision qu'il prenait de lui-même, continua :

— Au début de la guerre, avant que je ne parte pour mes aventures birmanes et chinoises, j'ai caché quelque temps un brave docteur autrichien qui avait fui les nazis jusqu'à ce bout du monde, mais qui, selon les règles, devait être interné. Finalement on lui a permis de quitter le pays pour les Philippines… Il m'a laissé un magnifique berger alsacien… Je ne pensais qu'au plaisir de l'avoir. Seulement quand je suis parti avec les aviateurs américains, j'ai confié le chien à un ami chinois qui est vétérinaire. Pendant mon absence, cet ami eut à soigner une très belle chienne de la même race. Il en profita pour faire un mariage. À mon retour, au lieu d'un célibataire, j'ai trouvé un couple qui m'attendait… Cela me fit réfléchir.

« Au même moment l'un des pilotes du groupe que j'avais quitté et qui m'avait pris en affection m'envoya, avant de regagner les États-Unis, un boxer superbe. Mes réflexions s'en trouvèrent confirmées et j'allai à Hong-Kong acheter à ce boxer une compagne. Elle me coûta 210 dollars. »

Manoel abandonna l'appui du mur et se redressa d'un tour de reins nonchalant et souple.

— La somme était importante pour moi, reprit-il, mais je n'ai pas eu tort de prendre le risque. Chaque petit, maintenant, me rapporte 300 dollars.

Je demandai alors :

— Mais pourquoi la contrebande ?

— J'y suis bien obligé, dit Manoel. Le seul

marché des chiens est Hong-Kong. Les Anglais les adorent, vous savez à quel point. Mais en même temps ils imposent à leur entrée dans la Colonie des règles aussi strictes et absurdes que pour la Grande-Bretagne. Six mois de quarantaine… examens, vérifications. Bref, le commerce normal est impossible.

« Or, j'ai à Hong-Kong un ami chinois qui possède un petit magasin de montres. Cet ami, quand j'ai une portée, met une annonce dans les journaux avec la description des petits chiens. Aux amateurs qui se présentent, il montre leurs photographies… Quand le marché est conclu, mon ami me prévient. Alors, moi, je porte le petit chien, soigneusement enveloppé et pourvu d'un biberon, à d'autres amis que j'ai sur une jonque de pêche. Elle accoste dans quelque crique déserte de Hong-Kong… Le marchand de montres vient chercher le chiot et le porte à son nouveau maître… Et voilà un des petits métiers de Macao. »

Et Manoel s'en alla faire dîner son couple de bergers alsaciens et son couple de boxers qu'il avait installés sur le toit de sa maison.

Mais auparavant nous avions pris rendez-vous pour nous revoir vers minuit dans la grande salle de danse qui se trouvait au rez-de-chaussée de l'Hôtel Central, gratte-ciel de vingt étages, construit par M. Fu, afin d'abriter la plus grande maison de jeux en Extrême-Orient.

VI

Miss Coca-Cola

La dernière nuit que je passai à Macao fut de celles où le hasard — à moins qu'il ne s'agisse d'une puissance plus secrète — semble disposer les rencontres uniquement pour dévoiler toute la détresse des hommes.

Déjà le dîner avait été fort déprimant. Non pas que mon compagnon manquât d'intérêt. Au contraire. Il était intelligent, fin, cultivé. Mais ces qualités, précisément, déterminaient la qualité pathétique de son existence. Il n'était pas né à Macao. Son père, officier de carrière et veuf, l'y avait amené alors qu'il avait seize ans. Cinq années plus tard, au moment où le capitaine devait rejoindre une garnison au Portugal, il mourut subitement. Son fils se trouva sans ressources. Il n'avait plus aucun lien avec sa patrie. Il acheva donc les études qu'il faisait à Macao dans une institution religieuse et, comme il montrait le goût et le don d'écrire, on lui confia la rédaction d'un hebdomadaire catholique.

Dans les commencements, cette fonction le combla de bonheur. Maintenant, elle l'étouffait. Il écrivait au plus pour mille lecteurs dont il connaissait personnellement la plupart. Les libertés de sa plume surveillée étaient très étroites. Son salaire lui donnait juste de quoi vivre. Son horizon se limitait au territoire minuscule de Macao. Comme il était pur de tout métissage, il n'arrivait pas à nouer des rapports véritables avec les Chinois, et les demi-Chinois qui formaient presque toute la population. Quant aux Portugais sans alliage, les hauts fonctionnaires ne l'admettaient point dans leur intimité. Et les autres étaient d'un esprit médiocre, mesquin, ignorant. Il lisait avec avidité tout livre qui lui tombait sous la main. Il tâchait frénétiquement de se tenir au courant des derniers ouvrages littéraires, des pièces, des films… Et par là il ne mesurait que davantage son exil, son enlisement sans recours.

À ses questions sur la vie de Paris, il me fut difficile de répondre avec naturel. Il y avait tant de rêve et de fièvre et d'agonie dans les beaux yeux de ce petit homme si doux, si triste, si résigné.

Il m'avait quitté assez tôt et quand j'arrivai devant l'Hôtel Central où je devais retrouver Manoel, je vis qu'il était seulement onze heures, alors que nous avions rendez-vous à minuit.

J'allai donc, à travers les ascenseurs sans nombre et les corridors sans fin de cet énorme tripot à vingt étages, revoir les pièces où se tenaient les jeux de fantan, de ma-jong, de dés et de loto que j'avais visitées avec Manoel, la nuit précédente. Mais elles étaient aussi vides — tout au moins de joueurs. Et, malgré les filles éclatantes qui occupaient les postes de croupiers et de changeurs, comme je n'avais plus le secours que m'avaient apporté le charme et l'ironie de Manoel, j'éprouvai une sorte d'angoisse, de panique, à voir tous les rouages de cette somptueuse, étincelante et gigantesque machine fonctionner pour rien d'autre que pour la « face » de M. Fu — son propriétaire à l'oreille coupée — impeccablement, absurdement.

Je gagnai la salle de danse. C'était une autre immensité, vide et dépourvue de sens. L'orchestre était excellent et nombreux. Les chiffres, les dés, les inscriptions en trois langues — anglaise, portugaise et chinoise — qui permettaient de placer des paris sans quitter les tables ou la piste, fulguraient à chaque instant sur la frise placée au-dessus des musiciens. Mais il n'y avait là ni danseurs, ni joueurs.

Un homme cependant, de temps à autre, faisait signe à l'une des femmes qui vendaient les carnets à souche où s'inscrivaient les mises et lui glissait quelque argent. À la manière furtive, craintive dont il le faisait et parce que j'avais tout loisir de l'observer, je le reconnus. C'était le sous-officier dont Manoel m'avait parlé la veille. Les règlements lui interdisaient le jeu. Mais il ne pouvait pas résister à son envoûtement.

Il avait un beau visage épuisé, obsédé.

Minuit sonna enfin... Quelques instants après, Manoel parut. Il n'était pas seul. Un garçon de vingt-cinq ans environ l'accompagnait, aux traits plaisants, simples et d'une vive sensibilité.

— J'ai rencontré Enrico en venant et je me suis permis de l'amener, dit Manoel. C'est un ami qui peut vous intéresser. Il vient de terminer ici son service militaire... Avant sa période à Macao, il travaillait à Lisbonne et à Paris comme assistant metteur en scène.

En s'asseyant, Enrico fit un signe d'amitié au sergent solitaire. Je lui dis alors que cet homme semblait en proie à un désespoir singulier, un tourment qui n'était pas seulement celui du joueur pauvre et malheureux.

Enrico et Manoel échangèrent un regard. Puis Enrico me demanda :

— Est-ce que vous avez le temps d'écouter une assez longue histoire ? Oui ? Alors...

Enrico ferma les yeux un instant, comme pour échapper au climat de la salle déserte, aux airs de danse inutiles, aux apparitions aveuglantes des chiffres, aux figures spectrales de quelques entraîneuses sans emploi. Quand il releva les paupières, son regard était ferme et triste.

— Tout a commencé dans cet endroit, dit

Enrico. Quand je suis arrivé à Macao, c'est-à-dire voici trois ans environ, la boîte connaissait encore quelque animation. Les entraîneuses les plus jolies y venaient chaque soir…

— Depuis, elles sont allé chercher fortune, ou tout simplement nourriture, à Hong-Kong, dit Manoel.

— L'une d'elles, reprit Enrico, n'était pas seulement jolie, mais très charmante et très bonne. Quand un garçon sans ressources l'invitait à danser puis à sa table, elle ne demandait jamais une consommation chère, ainsi que le faisaient toutes les autres, et se contentait pendant des heures d'une boisson toute simple.

— Voilà pourquoi, dit Manoel, on l'avait surnommée par affection Miss Coca-Cola.

Enrico poursuivit :

— Il est impossible, pour qui n'a pas vécu en subalterne la vie de garnison ici, de comprendre le bienfait que représentaient la douceur, la gentillesse et la générosité de cette petite Chinoise. Est-ce que vous connaissez les conditions morales de l'existence à Macao ?

Je répondis que je venais de dîner avec le premier journaliste de la ville.

Enrico hocha la tête et dit à mi-voix :

— Antonio… oui… Alors, vous pouvez vous faire une idée.

Il reprit avec une sourde violence :

— Et encore une faible idée… Car, auprès

d'un sous-officier de Macao, Antonio est un homme puissant. Il n'est pas condamné à passer des jours et des mois et des années entre des soldats noirs à demi sauvages et des chefs d'autant plus exigeants qu'il n'y a rien à faire ici de valable. Songez-y, la presqu'île n'est pas plus grande qu'un camp de concentration... Songez à l'ennui de cette terre perdue... Songez aux tentations de la puissance chez des officiers sans envergure qui soudain disposent, pour satisfaire leurs caprices, leurs animosités, leurs vanités, leurs fureurs contre l'intelligence et l'indépendance, d'un pouvoir absolu.

Un frisson passa sur les traits sensitifs d'Enrico.

— Au moins je suis sorti de cet enfer, dit-il. Et je ne reste que pour mettre debout un film sur Macao... Un film bien tranquille, bien gentil naturellement... on ne me laisserait pas en faire d'autres... Mais lui...

Enrico inclina la tête vers le sergent en habits civils qui semblait dormir les yeux ouverts devant une bouteille de Coca-Cola...

— Lui, reprit Enrico, c'est un sous-officier de carrière... Et lorsque je débarquai à Macao, il s'y trouvait déjà depuis deux ans. Je fus affecté à sa compagnie. Il se montra très serviable pour le novice. Et il fut le seul, parmi le personnel militaire, avec lequel, en deux mortelles années, j'aie pu entretenir des rapports amicaux, humains. Oh, il n'y avait aucune communion d'idées ou d'intérêt entre nous. Mais sa figure était vive et gaie — ne le regardez pas : il ne reste plus rien de cette expression — et il se montrait juste et bon pour les soldats noirs. De plus, il vivait alors en pleine félicité, et il faisait partie de ces hommes assez rares qui deviennent encore meilleurs lorsqu'ils sont heureux.

Malgré moi je considérai à la dérobée le sergent solitaire. Son visage était sans expression, inerte. Enrico poursuivit.

— Il devait cette félicité à la charmante Kaï Lin, l'entraîneuse dont j'ai commencé par vous parler.

— Miss Coca-Cola, dit Manoel.

— Kaï Lin était folle, vraiment folle du sergent. Et lui, passionnément épris d'elle. Dès que le service lui laissait quelque loisir, il courait à Kaï Lin et Kaï Lin passait sa vie à l'attendre. Elle n'appartenait qu'à lui et entièrement.

— On avait plaisir à les voir ensemble, dit Manoel. Un amour qui dépassait l'échelle de Macao…

Il y eut une pause. L'orchestre jouait. Les numéros flamboyants jaillissaient. Enrico haussa les épaules.

— Mais, quelques jours après mon arrivée, dit-il, le drame commença… Un drame si conventionnel, si banal, qu'il fait penser à l'intrigue d'un mauvais film.

Je m'écriai :

— Vous n'allez pas me dire que l'un de vos officiers a voulu enlever Kaï Lin au sergent.

— Ce n'est tout de même pas aussi simple, répondit Enrico avec un sourire triste. Mais ça n'en est pas loin. Le capitaine qui commandait notre compagnie, trapu, sanguin, borné, faisait à tout instant étalage de son pouvoir. Il se montrait sur ce point vaniteux et susceptible à l'extrême. Or, il avait pour ami et flatteur habile Wan Sein, garde du corps et protégé de M. Fu.

— Le grand M. Fu, propriétaire des jeux et de qui je vous ai raconté l'histoire, me rappela Manoel.

— Wan Sein, reprit Enrico, avait conçu pour Kaï Lin un désir obstiné, violent et sournois, et tels que les hommes d'Extrême-Orient savent si bien nourrir. Quand il vit qu'il ne pourrait acheter — à quelque prix que ce fût — les faveurs de Kaï Lin, il mit en œuvre les influences. M. Fu lui-même intervint. Mais le colosse, le despote, qui avait tout pouvoir sur les puissants de Macao, se trouva incapable de réduire à l'obéissance une petite entraîneuse. Il dut se contenter de lui interdire les salles de jeux et l'établissement où nous sommes. Cela importait peu à Kaï Lin. Elle s'en alla danser ailleurs. On l'aimait partout.

« Alors Wan Sein qui savait en faveur de quel homme Kaï Lin était devenue si réservée, si ferme et si brave, s'adressa au capitaine, son ami. Comment s'y prit-il pour piquer au plus vif la vanité de notre chef ? Lui demanda-t-il secours humblement ? Usa-t-il au contraire, avec légèreté, d'un ingénieux défi ou d'un pari subtil ? Qui peut le savoir ? Mais Wan Sein sut manœuvrer à sa guise le commandant de notre compagnie.

« Dès lors les portes de l'enfer, l'enfer de Macao, allaient s'ouvrir pour Silveïra. »

Sans le vouloir Enrico avait élevé la voix à ce nom. Le sergent ne tourna même pas la tête.

L'orchestre dévidait ses mélodies dans la salle de danse, immense, vide, spectrale qui appartenait au gigantesque tripot de Macao. Les dés et les chiffres, transmis des salles de jeu par relais électriques, s'allumaient régulièrement le long du mur.

Enrico reprit son récit.

— Le sergent Silveïra, dit-il, fut appelé un matin au bureau du capitaine, et y reçut de violents reproches pour entretenir des relations suivies avec une femme perdue — ce qui était indigne de l'uniforme qu'il portait.

« Silveïra se permit de répondre que, justement, il n'était pas en uniforme lorsqu'il rencontrait Kaï Lin et que, depuis qu'il la connaissait, elle avait une conduite irréprochable.

« — À cause de vous, cria le capitaine. Ce qui est un scandale.

« Il “conseilla” au sergent de ne plus voir Kaï Lin.

« Mais Silveïra avait du caractère et il était profondément amoureux. Il passa outre aux conseils. Toutefois il prit quelques précautions pour rencontrer son amie. Mais à quoi pouvaient-elles servir, puisque Wan Sein faisait surveiller Kaï Lin par tous les sbires de M. Fu ?

« Notre capitaine fut mis aussitôt au courant. On peut imaginer le sourire doucereux, le suave ricanement de Wan Sein quand il racontait au capitaine qu'un sergent osait braver sa volonté…

« Naturellement, même à Macao, Silveïra ne pouvait pas être puni pour un acte qui n'allait contre aucun règlement. Mais, dans le métier militaire, un chef de mauvaise foi possède mille ressources. Car il a seul le pouvoir de juger d'inappréciables délits : l'inflexion d'un geste, l'intonation d'une parole. En outre Silveïra était responsable de cinquante soldats noirs. Chaque faute de chacun de ces nègres du Mozambique ou de l'Angola pouvait être rejetée sur lui. Bref, le sergent fut consigné chaque soir.

« Et une nuit, n'y tenant plus, il commit l'imprudence que le capitaine escomptait. Il se glissa hors de la caserne pour rejoindre Kaï Lin. Cette fois, le sergent était vraiment, délibérément coupable. Cela lui coûta trois mois de prison. »

L'arrivée d'un couple qui gagna la piste déserte suspendit un instant le récit d'Enrico. L'homme était jeune, légèrement métissé et dansait très bien. Il pressait contre lui une entraîneuse chinoise assez jolie et pleine de décence, malgré la jupe fendue qui montrait sa cuisse presque jusqu'à la hanche.

Le sergent Silveïra ne semblait pas les voir.

Enrico poursuivit :

— Kaï Lin d'abord ne montra rien du tourment qui la déchirait. Elle avait à un point extrême ce sens de la dignité que possèdent les femmes chinoises de bon aloi. Son comportement ne subit qu'une modification : au lieu de boissons innocentes et bon marché, Kaï Lin demandait à ceux qui l'invitaient de lui faire servir des liqueurs fortes… Elle n'était plus Miss Coca-Cola. Mais nous comprenions tous la raison de ce besoin subit et chacun de ses amis était content de la satisfaire… Peut-être avions-nous tort… Les yeux de Kaï Lin devenaient hagards… Parfois, elle était prise de fièvre. Et, quand le sergent sortit de prison, Kaï Lin avait disparu depuis assez longtemps… »

Enrico, à ce moment, se tourna vers Manoel qui me dit :

— C'est moi que le hasard a remis sur sa trace. J'ai un ami à l'Observatoire… Un matin où j'allais lui rendre visite en me promenant, je suis passé devant l'un des pavillons de l'hôpital qui se trouve au pied de la colline. Les fenêtres, ouvertes à cause de la chaleur, en étaient garnies de barreaux de fer. Et derrière les barreaux, grimaçaient affreusement des figures démentes. Le pavillon était réservé aux fous. J'allais détourner la tête, quand un de ces lamentables visages retint mon attention... D'abord, je demeurai incrédule... Mais bientôt il fallut me rendre à l'évidence. Tordu, déformé, torturé — c'était bien tout de même le visage de Kaï Lin.

« Elle avait été une bonne camarade... J'allai trouver le docteur. Il me dit que la malheureuse s'était adonnée à l'héroïne au point de perdre la raison. On l'avait arrêtée, alors qu'elle déambulait à travers le quartier chinois, en pleine crise de manque, à demi nue et criant qu'elle fuyait Wan Sein... ce qui montrait qu'elle ne lui avait pas cédé, même dans la plus terrible détresse et le pire dénuement.

« On n'a jamais pu démêler avec certitude si elle avait commencé à se droguer de son propre mouvement et par désespoir, ou si elle y avait été insidieusement poussée par quelque complice de Wan Sein qui espérait la tenir de la sorte. En ce dernier cas, il n'avait réussi qu'à la rendre folle. »

Les yeux de Manoel continuaient à rire — il eût fallu les aveugler pour qu'il en fût autrement — mais leur expression ne faisait qu'accentuer, par l'étrangeté du contraste, la tristesse de son récit.

Un Chinois d'âge mûr, de taille épaisse et

courte parut sur le seuil de la salle à danser, où je me trouvais avec mes compagnons portugais, Enrico et Manoel.

Cette pièce était si vaste et si déserte que chaque nouvel arrivant attirait fatalement l'attention. Mais si Enrico et Manoel suspendirent à cet instant le récit qu'ils me faisaient, ce fut par un sentiment qui dépassait la simple curiosité.

Sans presque remuer les lèvres, Manoel me dit :

— Voici Wan Sein, ami et employé de M. Fu, le grand patron…

— Il fait sa ronde, comme tous les soirs, ajouta Enrico dans un murmure.

Je chuchotai à mon tour :

— Quoi… le Chinois qui a persécuté le sergent Silveïra, qui a rendu folle la pauvre Kaï Lin ?…

Manoel confirma d'un mouvement de tête.

Wan Sein avait un visage lisse et sans expression. Ses très petits yeux fendus, qui brillaient derrière des verres à monture d'or, se fixèrent une seconde sur le sergent Silveïra, parieur clandestin en habits civils, assis non loin de nous. Mais celui-ci ne remarqua même pas la présence de l'homme qui avait fait son malheur. Son regard était rivé sur la frise placée au-dessus de l'orchestre et où, par une commande électrique venant des salles de jeu, s'allumaient les chiffres des combinaisons gagnantes…

Wan Sein resta quelque temps immobile sur le seuil, observant, surveillant… Puis il s'en alla sans bruit.

Alors, Manoel poursuivit l'histoire du sergent Silveïra et de l'entraîneuse chinoise, sa maîtresse.

— À peine, dit-il, fus-je assuré que la femme enfermée derrière les barreaux du pavillon des fous était bien la malheureuse et douce Kaï Lin, je courus trouver Silveïra.

« On pouvait, maintenant, le voir en toute facilité. Wan Sein n'était pas méchant — ou du moins de façon gratuite. Kaï Lin était perdue pour tout le monde. Il n'avait donc plus besoin d'exciter le capitaine contre Silveïra. Et le capitaine non plus n'était pas un méchant homme. Il lui suffisait d'avoir montré son autorité…

« Depuis qu'il était libre, le sergent vivait dans une espèce de torpeur. Il remplissait mécaniquement et parfaitement — il avait douze ans de service — les devoirs de son grade et passait le reste de son temps à errer le long du rivage en regardant les jonques… Mais quand il apprit par moi le sort de Kaï Lin, cet engourdissement morbide se dissipa d'un seul coup. Il l'aimait toujours.

« Sur son exigence formelle, je le conduisis chez le docteur des fous. C'était un homme que la pratique de la souffrance n'avait pas réussi à endurcir. Il permit au sergent d'entrevoir Kaï

Lin. Et, devant l'expression que prit alors le visage de Silveïra, il lui dit :

« — Elle est encore guérissable, mais il faut me donner les moyens matériels pour la tirer de la salle commune.

« Silveïra trouva ces moyens. Il y consacra toute la solde qui s'était accumulée pendant son séjour en prison, il emprunta le reste à ses amis et à ceux, plus nombreux encore, de Kaï Lin.

« Elle fut transférée dans une chambre particulière, confortable et plaisante. Et le docteur lui prodigua les soins les plus attentifs. Sa gentillesse, son humanité firent plus que le traitement médical. Kaï Lin retrouva très vite son équilibre… De plus, elle était désintoxiquée…

« En même temps, un changement profond parut sur ses traits. Mais en sa faveur. Avant le désastre, elle était jolie et charmante assurément. Mais pas davantage. À présent son visage portait une beauté magnifique et singulière. »

Manoel se tut… Il songeait à cette figure nouvelle, comme pétrie dans la douleur et l'égarement…

— Qu'arriva-t-il alors ? demandai-je, sans essayer de dissimuler mon impatience.

— Ce fut le docteur qui en décida, répondit Manoel. Le sergent lui fit confidence entière des événements qui avaient mené Kaï Lin jusqu'à l'asile des fous. Le médecin réfléchit longuement, puis il dit à Silveïra :

« — La petite doit quitter Macao sans vous revoir. Si elle reste, tout va recommencer. Wan Sein la persécutera plus que jamais. Sa “face” maintenant est en jeu. Vous retournerez en prison… je connais votre capitaine… Et Kaï Lin retombera dans la drogue. Et, cette fois, sans espoir… »

« Il n’y avait rien que le sergent pût avancer contre ce diagnostic. Il fit un dernier effort d’argent et Kaï Lin s’embarqua pour Hong-Kong. Sans protester, sans pleurer, sans un mot à l’adresse de Silveïra. Elle s’était accoutumée à soumettre sa vie entièrement au docteur… »

Je crus que l’histoire de Kaï Lin était terminée et, en baissant la voix, car, après tout, Silveïra, quoiqu’il semblât insensible à ce qui l’entourait, n’était séparé de nous que par quelques tables, je demandai à Manoel :

— Et c’est pour oublier son amie que le sergent vient jouer ici chaque soir en cachette ?

— Non, dit Manoel. C’est, au contraire, parce qu’il ne veut pas l’oublier.

— Il sait donc ce qu’elle est devenue ?

— Nous le savons tous, dit Manoel. Entre Macao et Hong-Kong le va-et-vient est constant.

Enrico, alors, reprit la parole.

— J’ai été l’un des premiers à connaître la nouvelle existence de Kaï Lin, dit-il.

« Plus d’un an s’était passé depuis son départ lorsque j’ai enfin été libéré du service militaire.

Je me suis aussitôt rendu à Hong-Kong pour regarder une vraie ville et respirer un air vivant.

« Le soir j'ai dîné dans un restaurant très cher, mais où la cuisine ressemble un peu à celle que l'on fait en France. Et j'ai pris du vin de Bordeaux et j'ai pris du cognac… Libre, j'étais libre. Je ne voulais plus me rappeler, fût-ce un instant, ces mois de caserne, de manœuvres absurdes, ces noirs géants à bouches d'ogre que j'avais à commander, et mon capitaine bouffi de vanité… et le pauvre Silveïra.

« Soudain, j'ai cru que j'étais ivre. Un fantôme de ce passé dont je ne voulais plus avançait dans ma direction. La femme ressemblait à Kaï Lin, mais comme une sœur aînée et beaucoup plus belle. Elle était merveilleusement arrangée, merveilleusement habillée. Derrière elle, venait un lieutenant de la marine américaine, grand, blond, athlétique. Non, cette éblouissante jeune femme ne pouvait pas être la petite entraîneuse de Macao, la gentille et humble Miss Coca-Cola… »

Enrico, dans son excitation, avait presque crié les derniers mots. Le sergent Silveïra tourna la tête vers nous. Mais ce mouvement fut bref. Il se remit à regarder les numéros qui fulguraient sur la frise placée au-dessus de l'orchestre.

— Pourtant, c'était bien Kaï Lin, reprit Enrico. Et comme, moi, je n'avais pas changé, Kaï Lin me reconnut. Elle hésita un instant puis dit quelques mots à son compagnon et, tandis qu'il allait retenir une table, elle vint me rejoindre.

« D'abord la surprise et la gêne me rendirent gauche, stupide. Mais, dans ses atours brillants, Kaï Lin avait conservé la simplicité, le naturel d'autrefois. Ce qui donnait à sa beauté mûrie, approfondie et affinée une séduction vraiment extraordinaire. Bientôt notre entretien reprit le ton de la camaraderie, de l'amitié.

« Lui ayant fait compliment sincère de sa beauté, de sa prospérité évidente, je demandai si elle était la fiancée ou du moins l'amie en titre du bel officier américain qui l'attendait patiemment.

« — Pas du tout, me répondit Kaï Lin. Il est seulement le père du nouvel enfant que j'attends.

« Je pensai comprendre alors le secret de sa fortune. L'officier assurait l'avenir du fils ou de la fille qu'allait avoir Kaï Lin.

« — Pas du tout, dit Kaï Lin de nouveau. Il ne sait même pas que je suis enceinte. De la sorte, il me sera encore plus facile de le vendre… »

« — Vendre qui ?

« — Mais l'enfant », dit Kaï Lin. « Pour le premier, je ne savais pas encore le prix véritable. »

« Alors, voyant que je ne comprenais toujours point, elle m'expliqua posément, doucement, toute l'affaire.

« Arrivée à Hong-Kong, elle avait rencontré une ancienne entraîneuse de Macao, qui avait réussi et travaillait dans l'un des établissements de danse les plus luxueux, près de la Pagode de Tiger Balm. »

Un étonnant souvenir fit que, sans le vouloir, j'interrompis Enrico.

— Quoi ! m'écriai-je. L'endroit à lumière sous-marine, à écrans et canapés mobiles, à filles magnifiques ?

— Exactement... j'y ai été par la suite, dit Enrico. Et là Kaï Lin a fait la conquête d'un midship américain, pilote sur le *Midway*. Quelque temps après le départ du porte-avions, elle s'est aperçue qu'elle était enceinte. Elle en fut désespérée et, quand elle mit au monde un garçon, elle ne voulut même pas le regarder... Elle savait trop à quelle misère sont voués les enfants chinois sans père. Mais la sage-femme — chinoise naturellement — chez qui elle avait fait ses couches, étudia attentivement le nouveau-né pendant quelques jours. Elle avait l'habitude des mélanges de races et devina que l'enfant serait très vite d'une beauté singulière. Elle proposa donc à Kaï Lin de le lui acheter, pour le revendre plus tard à des Européens sans descendance... Elles partageraient alors les bénéfices.

« Kaï Lin accepta... Elle avait repris son travail dans l'établissement de danse, lorsque la matrone, femme honnête, vint lui verser une somme très forte... Kaï Lin, alors, se renseigna.

Elle apprit que tout un commerce d'enfants — pourvu qu'ils fussent beaux — florissait à Hong-Kong. Elle vit venir dans l'établissement — en cliente — une Chinoise qui avait gagné sa maison, sa voiture, ses domestiques, uniquement pour avoir mis au monde six enfants — un par année — qui avaient fait prime sur le marché. Kaï Lin lui avait demandé conseil. "Le tout est de bien choisir le père", lui avait dit la riche jeune femme… Et Kaï Lin l'avait écoutée…

— Et voilà pourquoi, dit Manoel, voilà pourquoi le sergent Silveïra cherche désespérément à faire fortune au jeu… Il veut quitter l'armée et rejoindre Kaï Lin, afin de lui faire un enfant qu'ils pourront élever ensemble…

— Et il perd chaque soir le misérable argent de sa solde, dit Enrico.

Tout à coup la figure obsédée, la figure morte du sergent me fut insupportable… Je demandai à mes compagnons d'aller ailleurs et, si possible, à l'air frais.

Ils me conduisirent à la terrasse d'un café. Mais la nuit ne voulait pas être miséricordieuse. C'est là que je vis la petite mendiante…

VII

La malédiction des innocents

Quand, avec Enrico et Manoel, je quittai l'Hôtel Central, le grand temple des jeux de Macao, il était près de trois heures du matin. Je me sentais vide et las. Mais la fatigue physique n'entrait que pour une part très faible dans cet épuisement. Le ressort profond, la sensibilité, l'instinct de vivre — voilà ce qui se trouvait altéré, flétri. Les confidences désespérées et les histoires atroces que j'avais écoutées toute la nuit me laissaient un goût de cendre.

Je savais bien que, sous peu, le jour allait se lever sur la terre et sur l'onde, que le soleil allait illuminer les îles et les jonques de la baie de Canton et que, dans Macao, beaucoup de gens se réveilleraient heureux, ou tout au moins contents de leur vie, à l'ombre des vieilles églises portugaises, des paisibles pagodes chinoises et des beaux arbres de San José, importés des Indes. Mais des notions abstraites ne pouvaient rien contre une mélancolie accablante.

À cette heure tardive, nous n'avions pas le choix des ressources : un seul café, dans Macao, avait permission de rester ouvert toute la nuit. Étroit, hideusement éclairé au néon, il était situé au fond d'un boyau qui butait contre un mur aveugle. Par bonheur, quelques fauteuils et quelques tables en osier, groupés à même la terre battue et près de ce mur, formaient une manière de terrasse.

Le serveur chinois, légèrement métissé, nous apporta du café brésilien très fort et très bon. Enrico et Manoel se mirent à converser en portugais à mi-voix. De temps à autre, on entendait dans l'avenue sur laquelle débouchait le passage où nous étions, le bruit mêlé de roues et de pieds nus que faisaient des *rickshaws* nocturnes en quête d'un fardeau humain.

La magie du dépaysement, le bienfait du noir breuvage, la fraîcheur et l'amitié de la nuit semblaient s'unir pour alléger le poids de la tristesse. Je me renversai dans le fauteuil d'osier. Du ciel d'Extrême-Orient descendait la paix des étoiles.

Je ne pensais plus à rien lorsqu'une petite main légère m'effleura le genou. Sortie sans doute des ruelles voisines, une fillette chinoise, qui avait entre cinq et six ans, présentait sans un mot sa paume fragile et par la crasse brunie. Ce ne furent point les haillons à travers lesquels on voyait les os de son corps, ni les stigmates de la faim sur son doux visage qui me firent le plus mal. Ce fut son silence. Et surtout l'effort terrifiant, démesuré, désespéré où elle engageait toute sa force vitale, pour tenir fixés sur les miens ses yeux bridés pleins de misère et d'effroi.

Je fouillai mes poches avec fièvre, avec honte. Je n'y trouvai pas de monnaie. Mes compagnons n'en avaient pas davantage. Manoel parla doucement en chinois à la petite fille. Elle alla s'asseoir sur ses talons nus dans un recoin du mur.

— Je lui ai demandé d'attendre que le serveur revienne, pour le change, dit Manoel.

Il reprit sa conversation avec Enrico.

La tête de la petite fille s'était affaissée contre la poitrine chétive. On ne voyait plus son visage. Elle ressemblait à un petit tas de chiffons.

Alors — fut-ce l'influence des propos et des récits déprimants que j'avais entendus depuis l'heure du dîner, ou bien de cette terrasse lugubre, ou encore de voir démenties les voix sincères dont j'avais reçu l'assurance que dans Macao, tout au moins, il n'existait pas de petits mendiants ? Ou faut-il simplement croire que s'étaient enfin épuisées la force ou la prudence, ou la lâcheté qui m'avaient défendu jusque-là contre les visions du malheur le plus injuste et le plus pathétique ? Mais soudain surgirent devant moi, avec leurs centaines de visages suppliants, cette horde à taille minuscule, cette lamentable meute d'enfants affamés, vermineux, guenilleux et merveilleux qui m'avaient poursuivi, obsédé, traqué, hanté, depuis que l'avion d'*Air India* m'avait déposé en terre d'Asie.

L'expérience avait commencé aux abords même de Santa Cruz, l'aérodrome de Bombay.

Le temps de gagner une voiture et, déjà, ils étaient là, m'enveloppant comme une nuée de moucherons faméliques, les éternels petits mendiants de l'Inde. Aucun d'eux — filles et garçons mêlés — ne dépassait la hauteur de ma ceinture. La plupart ne m'arrivaient qu'à mi-cuisse et certains qu'aux genoux. Les mains se tendaient, confondues en grappes, toutes malpropres et toutes innocentes, et les regards les plus émouvants du monde prolongeaient, aggravaient la prière de voix si fraîches et si frêles.

Et il en avait été ainsi tout le temps, la nuit comme le jour, et à travers toutes les avenues, rues, ruelles et places et carrefours de la ville immense. Il était impossible de faire un pas, sans être assailli aussitôt par l'essaim terrible et pitoyable. Que ce fût devant l'hôtel, une boutique, une agence de voyages, sur le front de mer, au bazar, au marché, des enfants loqueteux, acharnés, gémissants, frémissants, leurs magnifiques yeux sombres emplis d'humilité, de fièvre et d'exigence, formaient cercle autour de moi et se pressaient, se piétinaient les uns les autres, sans cesser un instant de chanter la litanie aiguë et déchirante de leur dénuement.

On m'a dit plus tard — il faut bien apaiser un peu sa conscience — que les enfants étaient dressés à cette imploration irrésistible et qu'ils la pratiquaient ainsi qu'un jeu. Peut-être. Mais ce qui était sûr, c'est que, si un tel apprentissage avait cours dans les familles, il ne tenait point d'un excès de prospérité. Il y avait aussi une autre certitude : les os dont on apercevait le dessin sur les petits corps dénudés, les creux qui trouaient les visages, les boutons, les plaies et les ulcères ressemblaient bien peu à des hochets. Et encore moins les enfants que ces misérables enfants eux-mêmes avaient à porter, à soigner...

Je me souvenais de cette petite fille, à la porte d'un temple. Elle avait des yeux du feu le plus noir, le plus pur. Ses dents étincelaient dans un visage de bronze et d'or. Ses cheveux lui hérissaient le front d'une broussaille drue, magnifique et sauvage. Chacun de ses mouvements était imprégné de violence et de grâce. Elle avait cinq ans au plus et, déjà, au-dessus de son épaule nue, pointait la tête d'une toute petite poupée humaine, liée à elle par un chiffon et dont le poids, qui creusait ses reins puérils, lui donnait une démarche de mère.

Oui, je me souvenais de la petite mendiante indienne, cependant que je regardais à Macao la petite mendiante chinoise, accroupie et immobile dans son coin, comme un paquet de guenilles.

À Bombay et à Calcutta je n'avais fait que passer. Toutes mes impressions, malgré leur acuité, demeuraient fugitives, fragmentées, superficielles. Tandis qu'à Hong-Kong…

Je venais d'y vivre trois semaines. Et l'innombrable peuple des enfants des rues m'était devenu terriblement familier.

Chaque jour, en ce domaine, avait apporté sa révélation, son tourment. Mais le choc de la première nuit surtout torturait ma mémoire.

De Hong-Kong je ne connaissais à ce moment que les splendeurs et les magnificences. Je les avais poursuivies tout le long du jour avec l'avidité et le ravissement du novice. Et c'est par le dernier ferry que je regagnais Kowloon où je logeais alors. Le déploiement fabuleux des lumières étagées de l'île, les feux des paquebots, les lanternes des jonques semblaient fêter l'admirable butin que je ramenais. J'étais comme ivre des beautés de la nature, des rues et des foules.

Cette exaltation n'était pas dissipée lorsque j'arrivai au débarcadère et je résolus de gagner à pied mon hôtel. L'itinéraire était assez long, mais d'une extrême simplicité. Il n'y avait qu'à suivre la principale artère du quartier le plus riche de Kowloon, celui des magasins pour étrangers, des comptoirs de change et des palaces. Les devantures closes, la pénurie de passants faisaient paraître plus large encore l'avenue brillamment éclairée.

De temps à autre, un taxi ou un groupe de *rickshaws* animaient la chaussée. Parfois, le bruit atténué d'un orchestre arrivait de quelque établissement de danse.

Rêvant encore à tout ce que j'avais vu de merveilleux au cours de la journée, et à tous les enchantements qui m'attendaient le lendemain, je m'engageai sous une arcade qui abritait des boutiques de bijoux, de jade et d'ivoire, de soieries, d'appareils photographiques et de changeurs. Mon hôtel n'était plus loin.

Soudain, à mes pieds, s'éleva un gémissement très grêle, très chétif qui ressemblait à une plainte d'oisillon tombé du nid. Je fis instinctivement un pas en arrière et m'aperçus que j'avais failli marcher sur un petit, tout petit garçon chinois. Quel âge pouvait-il avoir ? Je n'en savais rien, mais sa figure barbouillée de larmes et de poussière qui m'arrivait à mi-jambe portait encore les linéaments indécis de l'âge le plus tendre et il avait les mouvements hésitants, peu assurés et mal ajustés des enfants qui n'ont pas encore très bien appris à marcher.

Je crus d'abord qu'il pleurait parce que je lui avais fait peur. Mais il ne faisait aucune attention à moi. Il contemplait avec désespoir une grossière boîte en carton tombée le long du mur et qui, ouverte par la chute, laissait paraître des croûtons de pain, des déchets de viande et d'autres détritus, impossibles à nommer. On eût dit le contenu d'un cabas de clochard. Mais ici le clochard n'avait pas trois ans et il était incapable de soulever à nouveau les hideux trésors de sa nuit. C'est pourquoi il gémissait comme un petit oiseau.

Les rares passants frôlaient, sans même baisser la tête, cette ombre infime vêtue de chiffons troués. C'étaient, blancs ou jaunes, des gens de Kowloon. Ils avaient l'habitude…

Quant à moi, je restai planté devant l'enfant, impuissant et stupide. Lui parler ? Je ne savais pas un mot de chinois. Refermer la boîte en carton et la porter pour lui ? Il ne comprendrait pas mon intention, croirait à un vol. Son logis, s'il en avait un, se trouvait à coup sûr très loin — des kilomètres et des kilomètres de ce quartier de luxe. Et, s'il n'en avait point, vers quel terrain vague, dans quelle cachette boueuse devait-il traîner le butin lamentable et qu'il n'avait pu lui-même réunir ?

Tandis que je me posai ces vaines questions et que de chétifs sanglots continuaient de faire tressaillir le corps minuscule perdu sous les arcades, un autre petit garçon arriva en courant. Il était plus âgé que le premier, mais de peu. Il avait cinq ans, pas davantage. Mais lui, il avait déjà des vêtements d'homme. Il portait en effet un pantalon de toile en lambeaux et des bouts d'élastique — bretelles incroyables — le tenaient par miracle. Et c'est en homme qu'il se conduisit.

Il s'approcha de l'enfant qui pleurait — son frère cadet sans doute — lui passa le bras autour du cou, l'embrassa au front, lui caressa les cheveux, lui parla doucement. Comment décrire cette merveilleuse tendresse, si puérile et si grave, si enfantine et si mûre et l'expression de ces deux petits visages sales, aux yeux bridés, pressés l'un contre l'autre, et devenant plus forts d'instant en instant contre l'immense univers empli de furie et de menace ?

Les gémissements avaient cessé. Le plus petit des garçons souriait au plus grand. Alors celui-ci, d'un mouvement d'adulte, tira sur ses bretelles, remonta son pantalon et ramassa la boîte qui contenait les rebuts de nourriture. Il la casa tant bien que mal sous son bras, prit la main de son frère et ils s'en allèrent rapidement, furtivement, rasant les dalles de leurs pieds nus et silencieux.

Je les suivis…

Au bout des arcades, ils furent rejoints par un groupe de filles et de garçons, habillés de loques et plus grands qu'eux. Ceux-là devaient avoir de six à dix ans. Une profonde, une bouleversante solidarité liait toutes ces petites silhouettes misérables. L'une des filles les plus âgées plaça sur son dos l'enfant dont les sanglots m'avaient arrêté. L'un des garçons les plus forts aida son frère à soutenir le carton aux déchets…

À ce moment, ils m'aperçurent, débouchant de l'arcade. Toute la bande se resserra en un nœud de visages attentifs. Il y eut un bref conciliabule chuchoté. Puis, comme si elles avaient été déléguées par les autres, deux des filles avancèrent vers moi, la paume tendue. Mais elles n'eurent pas le temps d'achever leur mouvement.

Averties soudain par quelque sens mystérieux ou quelque signal subtil, les deux petites filles laissèrent retomber leurs bras et, les traits déformés par la peur, s'élancèrent dans une rue transversale. Déjà les autres enfants s'éparpillaient en tout sens. Un instant et ils avaient disparu…

La dernière vision que j'eus de leur bande fut celle des deux frères, l'aîné, au pantalon mal tenu par des morceaux d'élastique, tirant, traînant le tout petit qui ne savait pas encore courir.

Je compris bientôt la raison de cette fuite, de cette panique : une patrouille de policiers chinois, vêtus de bleu sombre et coiffés de casquettes plates, à l'anglaise, remontait l'avenue…

Au milieu d'eux, avançait, tête basse, un marchand d'oranges. Toute sa fortune reposait dans les deux paniers accrochés au balancier flexible qu'il portait sur une épaule. Je demandai aux agents pourquoi ils l'emmenaient.

— Il n'a pas de licence, m'expliqua leur chef.

La patrouille s'éloigna... Et je me disais que, sans doute, l'ombre minuscule qui se plaignait dans la nuit sous les arcades comme un petit oiseau, n'avait pas non plus la licence nécessaire pour ramasser les rebuts de Kowloon... Ni son frère qui l'avait si merveilleusement embrassé, protégé.

Assis à la terrasse de l'unique café de Macao ouvert jusqu'au matin, je revoyais leurs figures accolées...

Et d'autres petits visages chinois passaient dans ma mémoire comme une fresque de détresse.

Il y avait l'extravagant cireur de quatre ans au plus qui tenait ses assises entre les automobiles rangées devant le restaurant russe de Kowloon. Sa taille ne dépassait pas la hauteur d'une botte et son outillage tenait dans une vieille boîte de cigares. Il avait le regard brillant et tendu, le muscle toujours en alerte et l'expression à la fois peureuse, rusée et dure d'un être traqué. Il savait courir et se cacher avec l'agilité, la souplesse d'une bête sauvage. À l'approche de tout uniforme, il s'évanouissait, lui et son matériel, sous une voiture. Lui non plus, il n'avait pas de licence.

Il y avait les joueurs de huit à dix ans qui, avec une carte trouvée on ne savait où, en avaient fait dix et se livraient sur le trottoir à des parties enragées, tandis qu'un tout petit enfant, confié à l'un d'eux, et attaché par une longue corde à un poste d'incendie, trébuchait de l'un à l'autre en donnant des conseils.

Et il y avait les petits colporteurs et les petits mendiants, et les petits voleurs des marchés.

Et ce garçon de six ans, accroupi, les yeux clos, les pieds saignants d'une marche trop longue et que le sommeil d'épuisement avait terrassé en pleine rue, en plein jour, à quelques mètres de son frère, beaucoup plus petit, qu'il avait dû porter jusque-là et qui reposait, lui aussi, étalé parmi les passants…

Le serveur du café nocturne de Macao apporta, enfin, la monnaie du billet que je lui avais confié. La petite mendiante qui avait déclenché le jeu de ces souvenirs ne bougea pas. Je m'approchai d'elle. Sa paume était ouverte sur ses genoux repliés. Mais elle n'en savait rien. Elle dormait…

Je mis quelques pièces dans cette main qui se referma inconsciemment, innocemment, comme une fleur blessée.

Je pensai alors à ce que Dostoïevski faisait dire à l'un de ses personnages damnés :

— Tant qu'il y aura au monde un enfant, un seul enfant malheureux, je ne pourrai pas croire à Dieu…

Et, regardant la petite fille de Macao, j'ajoutai intérieurement :

— Encore moins aux hommes.

HONG-KONG

MACAO

DU MÊME AUTEUR

Aux Éditions Gallimard

LA STEPPE ROUGE, 1922 (Folio n° 2696)

L'ÉQUIPAGE, 1923 (Folio n° 864)

MARY DE CORK, 1925

LES CAPTIFS, 1926 (Folio n° 2377)

LES CŒURS PURS, 1927 (Folio n° 1905)

LA RÈGLE DE L'HOMME, 1928 (Folio n° 2092)

BELLE DE JOUR, 1928 (Folio n° 125)

DAMES DE CALIFORNIE, 1929 (Folio n° 2836)

VENT DE SABLE, 1929 (Folio n° 3004)

NUITS DE PRINCES, 1930

WAGON-LIT, 1932 (Folio n° 1952)

LES ENFANTS DE LA CHANCE, 1934 (Folio n° 1158)

STAVISKY. L'HOMME QUE J'AI CONNU, 1934. Nouvelle édition augmentée en 1974 d'*Un historique de l'Affaire* par Raymond Thévenin.

LE REPOS DE L'ÉQUIPAGE, 1935

HOLLYWOOD, VILLE MIRAGE, 1936

LA PASSANTE DU SANS-SOUCI, 1936 (Folio n° 1489)

LA ROSE DE JAVA, 1937 (Folio n° 174)

MERMOZ, 1938 (Folio n° 232)

L'AFFAIRE BERNAN (Le tour du malheur, II), 1950

LA FONTAINE MEDICIS (Le tour du malheur, I), 1950

L'HOMME DE PLÂTRE (Le tour du malheur, IV), 1950

LES LAURIERS-ROSES (Le tour du malheur, III), 1950

AU GRAND SOCCO, 1952 (L'Imaginaire n° 603)

LA PISTE FAUVE, 1954

LA VALLÉE DES RUBIS, 1955 (Folio n° 2560)PDMA Kessel

HONG-KONG ET MACAO, 1957. Nouvelle édition en 1975 (Folio n° 5246)

LE LION, 1958 (Folio n° 808, Folioplus classiques n° 30 et Classico collège n° 38)

AVEC LES ALCOOLIQUES ANONYMES, 1960 (Folio n° 5650)

LES MAINS DU MIRACLE, 1960 (Folio n° 5569)

LE BATAILLON DU CIEL, 1961 (Folio n° 642)

DISCOURS DE RÉCEPTION À L'ACADÉMIE FRANÇAISE ET RÉPONSE DE M. ANDRÉ CHAMSON, 1964

LES CAVALIERS, 1967 (Folio n° 1373)

DES HOMMES, 1972

LE TOUR DU MALHEUR, 1974. Nouvelle édition en 1998

TOME I : La Fontaine Médicis — L'Affaire Bernan (Folio n° 3062)

TOME II : Les Lauriers-roses — L'Homme de plâtre (Folio n° 3063)

LES TEMPS SAUVAGES, 1975 (Folio n° 1072)

MÉMOIRES D'UN COMMISSAIRE DU PEUPLE, 1992

CONTES, 2001. Première édition collective (Folio n° 3562)

MAKHNO ET SA JUIVE, 2002. Texte extrait du recueil *Les cœurs purs* (Folio 2 € n° 3626)

UNE BALLE PERDUE, 2009 (Folio 2 € n° 4917)

REPORTAGES, ROMANS, 2010 (Quarto)

Aux Éditions de La Table Ronde

AMI, ENTENDS-TU..., 2006 (Folio n° 4822)

LES DERNIÈRES PARUTIONS « RÉCIT DE VOYAGE » EN FOLIO

1. Folio n° 4898 — Nicolas BOUVIER, *Le vide et le plein*
2. Folio n° 4903 — Dan O'BRIEN, *Les bisons de Broken Heart*
3. Folio n° 4901 — Olivier GERMAIN-THOMAS, *Le Bénarès-Kyôto*
4. Folio n° 4900 — David FAUQUEMBERG, *Nullarbor*
5. Folio n° 5073 — Blaise CENDRARS, *Le Brésil*
6. Folio n° 5071 — Rick BASS, *Winter*
7. Folio n° 5081 — Colin THUBRON, *L'ombre de la route de la Soie*
8. Folio n° 5076 — Tarquin HALL, *Salaam London*
9. Folio n° 5246 — Joseph KESSEL, *Hong-Kong et Macao*
10. Folio n° 5245 — Olivier GERMAIN-THOMAS, *La tentation des Indes*
11. Folio n° 5248 — Dan O'BRIEN, *Rites d'automne*
12. Folio n° 5249 — Redmond O'HANLON, *Atlantique Nord*
13. Folio n° 5405 — Paul MORAND, *Londres/Le nouveau Londres*
14. Folio n° 5410 — Paolo RUMIZ, *Aux frontières de l'Europe*
15. Folio n° 5411 — Colin THUBRON, *En Sibérie*
16. Folio n° 5412 — Alexis de TOCQUEVILLE, *Quinze jours dans le désert*
17. Folio n° 5581 — Paolo RUMIZ, *L'ombre d'Hannibal*

18. Folio n° 5582	Colin THUBRON *Destination Kailash*
19. Folio n° 5583	J. Maarten TROOST *La vie sexuelle des cannibales*
20. Folio n° 5584	Marguerite YOURCENAR *Le tour de la prison*

Composition Nord Compo
Impression Maury Imprimeur
45330 Malesherbes
le 26 janvier 2021
Dépôt légal : janvier 2021
1er dépôt légal dans la collection : avril 2011
Numéro d'imprimeur : 251640

ISBN 978-2-07-044064-1. / Imprimé en France.

379020